キネマと恋人
ケラリーノ・サンドロヴィッチ
早川書房

キネマと恋人

イラスト・装幀／はらだなおこ

おもな登場人物（「」内は劇中映画の登場人物）

高木高助《たかすけ》
森口ハルコ
ミチル
森口電二郎
笛本（高木高助のマネージャー）
嵐山進
小松さん（映画館の支配人）
小森林（プロデューサー）
根本（脚本家）
「間坂寅蔵《まさかとらぞう》」
「月之輪半次郎」
「女祈禱師」
「茶人」
「お局」
「情報屋」
「茶屋の主人」
「町人」

女将
占い師
店長
新聞記者
番頭
ウェイター
ウルマ（ミチルの婚約者）
売り子
お米《こめ》
ネギ蔵
洋食店の客
映画館窓口の女
巡査
娼婦の店の別の客
近所の女
ケーキ屋店員
映画館の客たち

娼婦　おしま
　　　おさじ
　　　まるよ
　　　しじみ
　　　おつう
　　　うめよ
　　　たけこ

第一幕

1

1-1

不意に消える客電。

ほぼ同時にカタカタという映写機の音。そして音楽。

浮かび上がるモノクロの映像。様々な映画の様々な場面が次々と映し出される。

一九二〇年代後半から、三〇年代前半に作られたアメリカのコメディ映画である。

マルクス兄弟、バスター・キートン、ローレル&ハーディ、ハロルド・ロイド、ハリー・ラングドンetc――[※1]

音楽に観客の笑い声が混じり始める頃、そこには映画館の客席が浮かび上がる。（ステージング1）

この島唯一の古い映画館、梟島《ふくろうじま》キネマ。東京で封切られてから一年

※1 初演で使用したのは、キートンの『探偵学入門』（一九二四）、ローレル&ハーディの『Liberty』（一九二九）、ロイドの『要心無用』（一九二三）、ラングドンの『初陣ハリー』（一九二六）、そしてマルクス兄弟の『オペラは踊る』（一九三五）からの抜粋映像。
『探偵学入門』は、キートン演じる主人公、探偵志望の映写技師が映写室で居眠りをし、夢の中で、上映中のスクリーンに入り込み、名探偵として活躍するというストーリー。ウディ・アレンはこの映画にヒントを得て『カイロの紫のバラ』（一九八五）を作ったのではないかという説が（本人は否定しているが）濃厚である。そしてその『カイロの紫のバラ』を翻案した劇が『キネマと恋人』。

も二年も遅れてようやく新作映画がかかる。

不意に映写機の音が消え、同時にスクリーンも魔法のように一瞬にして消える。[※2] 場内が明るくなる。映画が終わったのだ。退場していく観客の中、一人だけ大きな拍手をし、余韻を楽しむように席を立たずにいる女性。このドラマのヒロイン、森口ハルコである。

ややあって、もう見えなくなった客に「ありがとうございました」と言いながら、この映画館の雇われ支配人である小松さんが、ホウキとチリ取りを手に現れる。（客出しのアナウンスと安っぽい音楽が流れている。）

小松さん　（出て行った客たちに）ありがとさん。（ハルコを見て）……。

ハルコ　（気がつき、軽く会釈）……。

小松さん　（視線をそらし仕事を始めて）よく飽きんね。

ハルコ　え？　何《なん》が？

小松さん　（仕事しながら）同じ映画何べんも観て。

ハルコ　飽きんがよ。面白い映画は何べん観ようがその度《たび》ん新しい発見がらあるだり。[※3]

小松さん　こういう映画でもそうかね？

ハルコ　こういう映画て？

小松さん　こういう、ドタバタ喜劇？　『グランド・ホテル』や『アンナ・カ

※2　初演時は、演出部の素晴らしい手腕によって、それなりに巨大なスクリーンは文字通り「魔法のように一瞬にして消え」た。テグスで客席後方に飛ばすという離れ業をやってのけてくれたのだった。再演で劇場が大きくなっても出来るのか、今から心配している。

※3　「ありがとさん」「よく飽きんね」という会話を聞いて、まず観客は「ああ、どこか地方のお話なんだな」と思うだろうが、「その度ん新しい発見がらあるだり」に至って、初めて「ん？　一体どこの話だ!?」と思うのである。

『キネマと恋人』の大きな勝因の一つはこの「梟島《ふくろうじま》弁」にあると自負している。語尾に「だり」「がっさ」を使い、「とても」の意味で「ばりんこ」と言い、御礼の言葉は「ありがとさん」、詫びの言葉は「ごめんちゃい」。純朴な人柄と可笑しみが嫌でも滲み出るこの架空の方言は、これまでの自作

レーニナ』とは違うでしょう。
ハルコ　あら、そりゃ一本一本違うでしょう、映画が違えば。（ハタと）ごめんちゃい、もう出なくちゃね。
小松さん　ええよ別に。（床に落ちていた新聞を拾いあげ）なんでクズ箱に捨てんかねぇ……。
ハルコ　あ、そうだ、小松さん。
小松さん　なに。
ハルコ　ロビーに貼っとるスチール写真てあれ、捨ててしまうん？
小松さん　いんや、返すんだり。
ハルコ　どこに？
小松さん　配給会社。
ハルコ　ああ……。
小松さん　何、欲しいん？
ハルコ　三枚だけ。
小松さん　まぁ三枚ぐらいならバレんがっさ。どれ？　フレッド・アステア？
ハルコ　マルクス兄弟。
小松さん　（意外で）なんでぇ。
ハルコ　なんでぇってなんでよ。
小松さん　いやいや、変わっとるなぁハルコちゃんは。
ハルコ　船室のシーン※4の写真がらあっただりよね？　ええ？
小松さん　（苦笑して）ええけど。

にも幾度か登場した、私にとってはお馴染みの言葉だったけれど、どれも1シーンか2シーンの、ちょっとした部分的趣向だった。まさか三時間全篇をコレで貫く芝居を書くことになろうとは思ってもみなかった。書き始めた当初は躊躇もあり、緒川さんにも相談したが、彼女も答を迷っていた。英断して本当によかった。今となっては、標準語を喋るハルコやミチルや電二郎なんて、とても考えられない。

※4　この芝居の時代設定は、劇中明確に語られることはないが、一九三六年、昭和十一年の、おそらく秋。今この映画館では、前年に作られた『オペラは踊る』が上映中という設定である。「船室のシーン」とは、狭い船室に何十人もの人が詰め込まれるナンセンスなシークエンス。この映画においてのみならず、後には映画史における名シーンとして語り継がれることになるのだが、もちろん、ハルコも小松さんも、そんなことはまだ知る由もない。

ハルコ　（興奮して）ありがとさん！
小松さん　ちょっと待ってな。
ハルコ　待つ待つ！　ああ、こんで映画観れんでもじわんこじわんこ思い出せるだり。
小松さん　ほんだらに好きなんねぇ。
ハルコ　好きよぉ。なんで一週間ずつしかやらんの、一年ずつやりんね。
小松さん　そんなにやったって客が入らんがっさ。
ハルコ　そう？　そうね。（ウキウキ）
小松さん　……もういっぺん観たいか？
ハルコ　え？
小松さん　マルクス兄弟。
ハルコ　観たい観たい何べんでも観たいよ。
小松さん　かけてやろうか？
ハルコ　え？
小松さん　もういっぺんかけてやろうか？　ええよどうせヒマやから。
ハルコ　今から？　あたしだけの為に？　なんで？
小松さん　いや、そんなおおげさなことと違うだり。映写機かけりゃ自然と映るがっさ。
ハルコ　でもあたし、もう行かんと。
小松さん　そうか。（内心残念）
ハルコ　電二郎さんが帰って来るまでに御飯作らんと。

小松さん　うん。旦那にひもじい思いさせたらいかんよ。帰らんと。

ハルコ　うん。ありがとさん。

小松さん　ええよええよ。ほら、帰れ帰れ。

ハルコ　スチール写真。

小松さん　あ、そうか。マルクス兄弟だけでええん？　フレッド・アステアは？

ハルコ　じゃあフレッド・アステアも。

小松さん　無理せんでええよ。いやいやもらわれたってアステアも浮かばれんがっさ。

ハルコ　無理やりと違うだり、アステアも大好きよ。浮かばれんて死んだ人みたいに。

小松さん　アステアとロジャースのダンスは最高だり。

ハルコ　最高よ。ミチルなんか先週のあれ、パート先でもずぅっと踊ってて店長さんにお目玉くらったんよ。

小松さん　妹さんは健全な女の子だり、ハルコちゃんと違って。

ハルコ　何《なん》がよ……！

小松さん　冗談だり。

ハルコ　（うっとりと）映画はどれんもこれんもステキよ。現実ん世界と違ってみぃんな最高だり。だからあたし、映画館のにおいもほんだら大好きよ。（ハタと）ごめんちゃいあたしもう行かんと。

小松さん　わかったわかった。来週は久々に和物よ。嵐山進だり。『月之輪半次郎捕物帖』の四作目。来るよね。
ハルコ　もちろん。
小松さん　チャンバラもええよたまには。かっこええがっさ、嵐山進の月之輪半次郎。
ハルコ　嵐山進もええけど、あたしは高木高助のファンだり。
小松さん　（わからず）高木？
ハルコ　高木。
小松さん　誰？　高木て。
ハルコ　知らんの？　シリーズ全部に出とるよ。小松さんちゃんと観とるん？
小松さん　観とるよ頭っから。
ハルコ　半次郎の仲間ん寅蔵よ。間坂寅蔵。
小松さん　ああ、いつも半次郎にひっついてる俳優。
ハルコ　（キメ台詞をマネて）「まさかまさかの間坂寅蔵」。
小松さん　はいはい、変わってるなぁ。
ハルコ　何《なん》がよ。
小松さん　今はずしてくるから待ってて。
ハルコ　ありがとさん。

小松さん、去る。

1-2

音楽と共に、若手映画スター、嵐山進にサインを求めるファン達の一景。（ステージング2）
新作映画の製作発表の会場らしい。
プロデューサー小森林と高木高助のマネージャー笛本が来る。

笛本　（小森林と嵐山に深々と頭を下げて）お待たせして大変申し訳ありません……！　高木高助間もなく参ると思いますんで。
小森林　（不機嫌に）今日はなんだろうね。
笛本　は？
小森林　この前は母上が危篤、その前は電車が人身事故で不通、その前は父上が危篤、その前は家に空き巣が入った、その前はめざまし時計が故障、その前は母上が危篤、その前は……。
笛本　母上が危篤だったかと。
小森林　母上どっかに預けた方がよかないかなぁ。
笛本　私もかねがねそう言っとるんですが。
小森林　（嵐山をチラと見て）毎度毎度スタァさんを待たせちゃねぇ。
笛本　（言葉もなく）まったく……。
嵐山　やめてくださいよ。僕ぁいっこうにかまいませんけどお集まり頂いてる記者さんたちに申し訳ないですよね。

笛本　それはもうまったく……。

小森林　どうする？　先に始めるかい。それとももう少しだけ待つかい？　母上の回復を。

嵐山　プロデューサーの御判断に。

小森林　始めよう。いいね。

笛本　はあ、しかしもうじきに

小森林　（遮って大声で記者たちに）どうぞお入りください。

記者たちがメモを片手に来る。※5

小森林　（声を張り）大変お待たせしました。プロデューサーの小森林でございます。間坂寅蔵の高木高助くんは止むなき事情で本日欠席でございます。それでは『月之輪半次郎捕物帖』シリーズ、第一作より主演を務めてまいりました御存知嵐山進さんより、まずは簡単に御挨拶を。

記者たち、笛本、大きな拍手。

嵐山　嵐山です。本日はお集まり頂き誠にありがとうございます。おかげさまで『月之輪半次郎捕物帖』シリーズ第五作の製作が決定致しました。これもひとえに、オール・トーキーの本格的娯楽時代劇として、観客の皆様に愛されて

※5　「記者たち」は出られる役者とダンサー全員が演じた。ハルコ役の緒川たまきさんと、間坂寅蔵と高木高助の二役を演じた妻夫木聡くん以外の出演者は、メインの役の他に、いわゆるアンサンブルも多く務めてもらった。「このシーンで空いてる人誰ですか？」ってな具合に。

「ごめんなさい！」と叫びながら一人の男が来る。高木高助である。

高助　あれ始まっちゃってるんですか。まいったなぁ。

笛本　（気まずく、声を落として）まいってないでお詫びを。

高助　わかってるよそんなこと。失敬失敬。いざ出陣と玄関の扉を開けたまさにその時、あろうことかおふくろが危篤だという電報が入りまして。※6

一同　……。

高助　幸い事無きを得ましたが。で？　なんだって言うんですか？

小森林　なんだって言うんですかってなんだい……！

高助　（嵐山に）いや、どこまでやったの？

嵐山　今、最初の挨拶を。

高助　ああ。（記者たちに）では質問のある人！　急いでね、時間ないから。

明かり変わる。

記者たちいなくなり、会見直後の風景。

笛本　……まずいよ。

高助　何が。

笛本　全体。記者会見全体。まず遅刻の理由。

高助　ああ。あれなんでいつも誰も笑わないのかね？

※6　いたのです、実際に。母親の危篤を理由に何度も稽古に遅刻してくる劇団員が。

笹本　え？

高助　だって俺ついこの間もおふくろが危篤だって言ったばっかりだよ。

笹本　（面喰らって）……。言ったばっかりだよ。

高助　七度目だよおふくろ危篤になったの。なるわけないじゃない七回も危篤に。縁日のヒヨコじゃあるまいし。

笹本　（よくわからず）……え？

高助　勘弁してよ。

笹本　え、笑わせようとして言ったの危篤だって……!?

高助　笑わせるというか、場が固かったからさ、和ませてやろうとして。

笹本　（首を振って）和まないよ母親の危篤では。

高助　固いんだよなぁ……。（笹本の顔を見て）笹本さんてさ、思い悩むといよいよヘンな顔だね……。

笹本　……。

高助　あれ、笑わない。

笹本　おかしくない時は笑わないんだよ人間は。

高助　固いんだよ。このシリーズももう五作目なんだからさ、そろそろもう少し、喜劇的な要素を強めにした方がいいと思うんだよ。

笹本　……。

高助　なんか言ってよ。

笹本　（やや言い難そうに）むしろもっと真剣にやってほしいと。

高助　え？

笛本 (困惑して) 言われたんだよ。監督に。
高助 (カチンときて) 何真剣て、俺が真剣じゃないって言うの……!?※7
笛本 真剣だよ。
高助 真剣だよ!
笛本 (なだめて) 間違えた、深刻だ。
高助 え?
笛本 真剣じゃない深刻。言い間違えた。
高助 深刻?
笛本 (うなずいて) 安っぽい映画にしたくないって言うんだよ。
高助 ……わかんねえな……じゃあなに、笑わせる映画は安っぽくて深刻な映画は高級だっての?※8
笛本 そう考える人は少なからずいるんじゃないかな世の中。
高助 わかんねえ……。
笛本 わかんねえ。
高助 わかんねえよ。
笛本 わかんねえか。
高助 皆目わかんねえ。
笛本 皆目わかんねえ。
高助 いちいち繰り返さないで。
笛本 黙ると何か言ってって言うから。
高助 ……ロッパ観てたんだよ。

※7 この台詞は極めて真剣に、強く発してほしいと演出した。昨今はその限りではないのかもしれないが、かつて、笑いを目指す俳優は「ふざけて適当に演《や》っている」と思われるのが最も心外だったに違いないからだ。

※8 こうした風潮は今でもありますね、とくに日本には。

笛本　え？
高助　ロッパ。古川ロッパ。有楽座で。
笛本　ああ、舞台……。
高助　あの人アドリブだらけでさ……芝居が延びて……そいで遅刻した。
笛本　なるへそ。
高助　面白かったよ……（不意に）俺ああいうのやりたいんだけど。
笛本　ああいうの。
高助　（次第に口調、熱を帯びて）本格的な喜劇。できると思うんだよ。そりゃすぐにはエノケンやロッパみたいにはなれないだろうけどさ、勉強さえすれば金語楼《きんごろう》くらいにはね。金語楼が主演映画撮れるんだからさ。※9
笛本　勉強。
高助　うん。するからさ勉強、生まれ変わった高木高助を存分に披露できるような場さえ確保してくれりゃ。
笛本　わかった。
高助　うん……！
笛本　もう少し売れたら生まれ変わろう。
高助　売れたら生まれ変わろうって、生まれ変わらなきゃ売れないんだって！
笛本　小森林プロデューサーに脅されたよ、別の俳優に代えてもいいんだぞって。
高助　え……。
笛本　他に適役はいくらでもいるって。

※9　ハルコはとくに喜劇映画を愛し、高助は笑いのできる俳優を目指している。これは『カイロの紫のバラ』の主人公たちには無かった設定。高助が古川ロッパに憧れ柳家金語楼に嫉妬しているというあり方は、人物を分かってもらうには大変効率的な方法だと思ったものの、観客の多くが、エノケンはともかく、ロッパも金語楼も知らないということに気づかなかった。まったく迂闊である。
余談だが、初演を上演したシアタートラムの上、世田谷パブリックシアター（再演はここでやります）では、奇しくも初演時、三谷幸喜さんの『エノケソ一代記』が公演中だった。エノケンに憧れるニセモノ「エノケソ」の物語。三谷氏はロッパのニセモノ「ロッパ《くちっぱ》」を演じた。この時代に、エノケンだロッパだという名前が飛び交う、昭和初期を時代設定にした芝居が、偶然同時期に二本、東京の三軒茶屋で上演されていたわけだ。

高助　間坂寅蔵を？　そんな、シリーズの途中から？
笹本　（うなずく）
高助　バカ言うない。他の俳優が「まさかまさかの間坂寅蔵」。
笹本　（遮って）そのキメ台詞ももうやめてほしいそうだ。
高助　（絶句して）……。
笹本　鬱陶《うっとう》しいって。台本にないアドリブは金輪際やめろと。いやならいつでも降ろすってさ。
高助　……。
笹本　今は監督の言う通りにしろ。『月之輪半次郎捕物帖』は当面唯一の食いぶちなんだから。いいな。
高助　……。
笹本　返事。
高助　はい……。

1-3

高助はそのままに、別のエリアは人気《ひとけ》のない、朝の路上になる。
酔った様子の電二郎が現れ、石段に座り込んで煙草に火をつける。
風呂敷包みを手にしたハルコが来る。

電二郎　（呼び止めて）おい……。
ハルコ　（気がついて）電二郎さん……！
電二郎　なんだり。なんがしてる。
ハルコ　なんがしてるて仕事行くんだり。心配がしたんよぉ。御飯が作って待っとったんよ。飲んどったの？
電二郎　丁度ん良かった、昨日給料日だらがっさ。二、三円よこさんがね。
ハルコ　置いてきただりよ。
電二郎　引き出しん中？
ハルコ　引き出しん中。約束分よりずんばら少ないんよ。お皿を三枚がら割った分引っこ抜かれて。
電二郎　なんがしとるだり……。
ハルコ　ごめんちゃい……。
電二郎　とりあえず五十銭よこさんが。
ハルコ　（お金を出しながら）そうだ、ヘソ曲がり通りのネジ工場、求人の貼り紙が出してたよ。
電二郎　なん？
ハルコ　ネジ工場。ネジの工場。ヘソ曲がり通りの。
電二郎　ああ、あそこはもう締め切っただり。（金をひったくるように奪う）
ハルコ　そうなん？　だけんが貼り紙には年内一杯募集て
電二郎　（遮って）所詮がらヘソ曲がりの言うことだり。
ハルコ　……うん……帰るの朝んなる時は先に言ってね。

電二郎　ええから仕事行け。遅刻がしたらまた給料引っこ抜かれるがっさ。
（行こうと）
ハルコ　待って。
電二郎　（うるさそうに）なんがね。
ハルコ　（笑顔で）今夜一緒に映画行かん？
電二郎　また活動写真か。行けけん。
ハルコ　なんで？
電二郎　今夜はネギ蔵たちが来るだり。
ハルコ　また……!?
電二郎　なんが。友達だり。友達が家《うち》ん呼んでなんが悪い。
ハルコ　いけなかないがっさ。いけなかないけど、いっつもお酒が飲んでチンチロリンがやって……
電二郎　それが友達ってもんだり。違うんか？
ハルコ　違わんけど……。ほんだらに覚えとらんの？　あたしんこと引っ叩いたの。
電二郎　しつこくさいね！　酔ってたんがっさ！
ハルコ　サイコロと花札がやる時以外電二郎さんがら家んいるの見たことないんだもの……。
電二郎　しょうがなかろうが。借金うじゃらけなんがらが！
ハルコ　……。
電二郎　工場が閉鎖されたんは俺のせいと違うだり……。

ハルコ　ごめんちゃい……。
電二郎　ええだり。わかってさえくれりゃ。そんでええんが。
ハルコ　ごめんちゃい……。
電二郎　ばりんこ働いて、活動楽しんで来るがええよ。
ハルコ　（その言葉が嬉しく）うん。今日から新しいのがかかるの。ほら、前あたし高木高助っていう
電二郎　（遮って）うん。飯三人前が余計に作っといて。
ハルコ　わかりました。
電二郎　（ハルコが手にしていた風呂敷を）なんがねそれ。
ハルコ　内職で縫いもん始めたんだり。
電二郎　（興味無く）ああ。（行きながら）飯、うまいの頼むだりよ。ちいとうまいと思う程度じゃいかんがよ。おまえのベロは猿並みなんがらがっさ。
ハルコ　うん……。

電二郎、去った。
それぞれ一人になったハルコと高助。

ハルコ　……。
高助　……。

不意に映写音。

妻夫木聡

ハルコ・高助　！

舞台のあちこちに映像。
ここから数分間、映像、俳優、ダンサー、音楽が渾然一体となった見事なオープニングがある――[※10]。
（ステージング3）

この中で、以下の映像が流れる。映画『月之輪半次郎捕物帖』のいくつかのシーンの抜粋という設定である。ハルコは映画館の客席で、時に笑ったり、緊張したりしながら、この映画を心の底から楽しんでいるのが伝わってくる。

『月之輪半次郎捕物帖シリーズ』は、主人公の半次郎が、なぜか茶人やお局、そして臆病者の寅蔵らと組んで、毎作、恐しい妖怪と対決する娯楽時代劇らしい。

●クレジット・タイトル

※10　どのように見事なのかは、これはもう、活字では伝えにくい。ぜひとも再演舞台か、DVDをご覧頂きたい。流れる音楽は鈴木光介くんのアレンジ&コンポーズによる『Cheek To Cheek』。このあとのシーンでハルコとミチルが語る映画『トップ・ハット』（一九三五）のクライマックスでフレッド・アステアが歌う、ミュージカルの巨匠アーヴィング・バーリン作曲の名曲である。私も新作ソロアルバム『LANDSCAPE』で歌ってます。って完全に宣伝ですが。

いかにも一九三〇年代の日本映画という風情のクレジット・タイトル。

「月之輪半次郎捕物帖」というオリジナル・ロゴに続き、

「製作・小森林　実」

「出演者」

「嵐山　進」

とあり、次の次あたりに、四名ほどの出演者名に交じって、

「高木高助」

の名前がある。

●夜道

雄叫びをあげるミイラ怪人。

●江戸・室内

半次郎　（どアップで）ミイラ……!?　この江戸の町でミイラが生き返ったって言うのかい。

寅蔵　まさか。（キメ台詞で）まさかまさかの間坂寅蔵。

寅蔵が言い終わる前に、茶人とお局が彼の前に立つ。※11

お局　（鼻で笑って）オタメゴカシもたいがいにおし。

情報屋　そうは言いますけどね、あんな包帯だらけの男、よほど大怪我をしたかミイラだとしか考えられませんよ。いやあれはミイラだな。大怪我をした輩《やから》が牛を二頭も殺せるわけがねぇ。

●**茶屋**

遠景一カットあってから——。

茶屋の主人が、四人連れ（半次郎、寅蔵、茶人、お局）の半次郎たちを迎える。

主人　いらっしゃいまし。どうぞどうぞ、何人様でございましょう。

茶人　四人だ。

※11　ので、寅蔵の姿はカメラから見切れて隠れてしまう、というちょっとしたオモシロである。映像撮影時に、現場で思いついた演出。寅蔵は自分が写り込む位置にさり気なく移動するが、すぐあとの情報屋の台詞で再び見えなくなってしまう。
それにしても時代劇シーンは丸一日がかりの大変大掛かりな撮影だった。演劇の劇中映像でこれほど贅沢な撮影は、後にも先にも経験がない。映像の上田大樹くんの偉業でもある。

寅蔵　さあ食おう食おう。
半次郎　まだ何も来てねえよ。
　皆、笑う。
　ワイプで時間経過。
　皆の前に積まれた皿。
主人　十六文いただきます。
半次郎　おい……！　（と寅蔵に目くばせ）
寅蔵　？
　主人の腕には包帯が巻かれている。
寅蔵　（二度見して）！

●室内
　集まって思案している半次郎、寅蔵、茶人、お局。

半次郎　どうも腑に落ちねぇ……。茶屋の主人の腕に巻かれた包帯、下手人の足に巻かれた包帯、鳥追いの目に巻かれた包帯。江戸中が包帯だらけじゃねえか。

お局　確かにそうだね……。

茶人　包帯、包帯、そして包帯か……。

寅蔵　ミイラ騒動と何がしかの関係があるように思えてならんな。ミイラのミは……包帯のホだ。どうだろう半次郎、ここはひとつ……。

半次郎　なんだい寅蔵さん。

顔を見合わせる半次郎と寅蔵。

●狭い部屋・夜

何かに取り憑かれたように祈禱をする女祈禱師。

背後には茶人、お局、半次郎、寅蔵、そして二つあとのシーンで殺される町人。

●夜道

雄叫びをあげるミイラ怪人たち。

●殿中

茶人　まことでございます。何十人ものミイラ怪人が江戸の町を……。

殿　ええい、くだらん！　余は忙しいのだ[※12]！

●夜道

ミイラに襲われている町人。

町人　（悲鳴）

町人の手から、持っていた提灯が落ちる。

※12　13　殿は野村萬斎さんに、娘は奥村佳恵さんに演じて頂いた。言ってみれば楽屋落ちで、本来私は好まない遊びなのだけれど、たまにはいいんじゃないかと。

物陰に隠れてガタガタ震えている寅蔵。

寅蔵　半次郎……半次郎はおらんのか……！

●海辺

向かい合う半次郎と美しい娘。※13

娘　父上は肺病などではなく……ミイラの呪いで殺されたのです……！

半次郎　やはりそうか……。

娘　半次郎さんあたしこわい……！　（抱きつく）

半次郎　恐れることはない。きっと何かカラクリがあるに違いない……。

●夜道

刀を抜いた大勢の侍に囲まれた半次郎と寅蔵（二人とも頭に包帯）。

2

半次郎　何度言ったらわかるんだ。ミイラの正体は俺たちじゃねえよ。仲間のフリをしてミイラをおびきよせようとしてたんだい。

侍　黙れ！

寅蔵　（刀がかすりそうになり）ひぃ！

寅蔵だけが逃げて物陰に隠れる。
半次郎、一瞬にして全員を倒す。

●日替わり・町の中

寅蔵　まさかまさかの間坂寅蔵！

と、キメ台詞及びポーズ。※14

※14　これを観た客席のハルコは、当然、大はしゃぎなのである。

2-1

そこはハルコのパート先のグリル（洋食店）。
制服（エプロン）を身につけた、ハルコの妹、ミチルが現れている。

ミチル　（フレッド・アステアのスチール写真を手にして）わあ、かっこええ。トップハットに燕尾服、ホワイトタイ、エレガントだり。
ハルコ　（エプロンをつけながら）小松さんアステア七枚もくれたんよ。マルクス兄弟は三枚ぽっちしかくれんで。[※15]
ミチル　ありがとさん。
ハルコ　RKOはアステアとロジャースのコンビで何本も撮るっちゅ契約がらしただりよ。まだまだ観られるよ。
ミチル　へぇ、ロジャース、きれいなぁ。
ハルコ　新作[※16]は二人で最後にコール・ポーター踊るんよ。（と、「ナイト・アンド・デイ」を口ずさみ、踊る）
ミチル　もう東京ではやっとるん？
ハルコ　新作？　とっくよ。大入満員て半年前に立ち読みしたキネマ旬報に書いてあっただり。
ミチル　へぇ。早く観たいだり。
ハルコ　ミチル、今夜映画行かん？

※15　嬉しいものの、少し不満でもある、という口調。

※16　『コンチネンタル』（一九三四）を指している。日本公開も『トップ・ハット』より九カ月ばかり前なのだが、離れ小島であるだろう梟島の映画館では順番が逆になったと解釈して頂きたい。ハルコにとっては「次に観られる映画」があくまでも「新作」なのだ。

ミチル　今夜？
ハルコ　昨日から『月之輪半次郎捕物帖』の新作やってるんよ。もうお姉ちゃん昨夜《ゆんべ》一回観ただりがほんだらええんよ、高木高助が。
ミチル　今夜は……。
ハルコ　キミちゃんはお向かいに預ければええやろ。ほんの二時間だり。
ミチル　今夜デートなんよ。
ハルコ　え？　新しい彼氏？　また？
ミチル　またって言わんでよぉ……！
ハルコ　ごめんちゃい。
ミチル　もうそろそろ迎えに来るの。
ハルコ　店に？　わざわざ？
ミチル　頼んだんよお姉ちゃんに紹介したくて。
ハルコ　そう……。
ミチル　ばりんこええ人よ。お姉ちゃん早くまたええ人見つけんがって言うてくれたでしょ。
ハルコ　言うたよ。
ミチル　キミコもなついてるんよ。
ハルコ　そう。
ミチル　ちいとだけんが、アステアに似とるんよ。
ハルコ　アステアに。
ミチル　ちいとだけんがね。

ハルコ　よかったね。

ミチル　ありがとさん。フフフ……。（と「チーク・トゥ・チーク」[※17]を唄って）ヘブーン・アイム・イン・ヘブーン、

ハルコ・ミチル　（歌詞わからず）ラララララ、ララララー。

少し前から店長が来て、憮然と見ていた。

ハルコ　（気づき、とたんに恐縮して）こんにちは。

店長　（ハルコに）いつ来たの。十五分近く過ぎてますよ。

ミチル　だいぶ前に来てました。ね。

ハルコ　すみません。

店長　だいぶ前に来たって働かなきゃ来てないも同じでしょう！

ミチル　（くってかかり）だけんが店長さんだって

ハルコ　（制して遮り）ミチルやめて、これ明らかにお姉ちゃんが悪いんやから。

ミチル　だけんが……。

店長　だけんがじゃないよ。

ハルコ　（ミチルに）だけんがじゃないがっさ、今日ばかりは。

店長　今日ばかりはってなんですか。

ハルコ　（かぶせて）いつもです。すみません。いつもです。

店長　二人ともさっさと店に出たまえ！

※17　くどいようだが、映画『トップ・ハット』からの名曲で、私もソロアルバム『LANDSCAPE』で歌っている。

ミチル　あたしはまだあと十分休憩時間ですから。
店長　……。
ミチル　（行こうとしてるハルコに）お姉ちゃん。
ハルコ　何？
ミチル　よろしくね。もうじきやき。
ハルコ　あ、アステアね。
ミチル　アステア。
店長　おい！

2-2

明かりが入り、客がいっぱいの店内風景が浮かび上がる。[※18]（ミチルの姿は見えなくなる。）
丁度一人の女性客（実は脚本家・根本）が入店したところ。

店長　いらっしゃいませ。
ハルコ　いらっしゃいませ。こちらへ。
別の客　（ハルコに）すんません、水がお願いします。
ハルコ　あ、はい。
女（促された席へ向かいながら、せかせかと）早く出来る食べ物なに？

※18　「明かりが入り」とあるが、実際の上演では照明のつけ消しはせず、小野寺修二くんの振り付けによるステージングで「店内」に変化させた。

ハルコ　（水が欲しいと言った客から離れて）は？
女　早く出来る食べ物。二時の連絡船に乗るの。どうして一日四便しかないの。※19
ハルコ　はあ。（と腕時計を見るが）あ、止まっとる。
女　え。
ハルコ　今何時ですかね？
女　（忌々《いまいま》し気に自分の腕時計を見て）一時四十二分。
ハルコ　あらあら。じゃあ急がないと。
女　だからそう言ってるじゃないの。
ハルコ　はあ。（移動しながら厨房の方に）早く出来る物ひとつ。
女　ちょっと待って。一応決めさせて具体的に。好き嫌いあるから。
ハルコ　かしこまりました。だけんが早く出来るものでないと間に合いませんよ。
女　うんだからそうよ。だから何が早いのって聞いてるでしょあたしさっきからずっと。
ハルコ　聞いてます。
女　じゃ答えてよ。
ハルコ　はあ。（と考えるが）今何時ですかね。
女　一時四十三分。人参のポタージュとカツレツ。あとコーヒーぬる目で。
ハルコ　揚げもんは（時間がかかる）
女　（遮って）じゃ何ならいいの？　答えないんだものあなた……！
ハルコ　ライスカレー？

※19　こう言いながら女は店の外を覗くような仕草をする。きっとこの洋食店は小さな港に面しているのだ。

女　じゃライスカレー。あとぬる目のコーヒー。
ハルコ　かしこまりました、お待ちください。
女　明日の朝までに東京帰れなかったらあなたのせいよ。
ハルコ　（じっと見ている）
女　？
ハルコ　（まだじっと見ている）
女　（ので）なに……!?
ハルコ　いえ。（とまだ見ている）
女　なに!?　見ないで。
ハルコ　キネマ旬報に載っとりませんでした？
女　はい……!?
ハルコ　キネマ旬報。脚本家座談会。
女　ああ。ええ。
ハルコ　（興奮して）脚本家さんがですよね女の。『月之輪半次郎捕物帖』が書いとる。
女　はい。
ハルコ　ありゃあ！
女　（周囲を気にしつつ）急いでくれる？
別の客　（ハルコに、少しイライラと）すんません、水がもらえますか。
ハルコ　（それどころではなく、見ずに）ちょっと待って。（女に）ゆうべ観に行きました最新作。

女　え。
ハルコ　四作目。今夜も観に行こうと思ってるんです。
女　（面喰らうが）ああ、どうも。（と言うしかない）
ハルコ　ええんですそんな。どういたしまして。
女　今頃やってるのこっちでは。
ハルコ　そうなんです昨日から。妹も誘ったんだりがデートがらあるげ言われて断られがっさ。
女　へぇ残念。
ハルコ　ええ、だけんがばりんこええ人だちゅうから「そんじゃ行ってきなさい、お姉ちゃんあんたの人生がら
女　（遮って）うん時間があったらいくらでも聞いてあげたいんだけどね、急いでるから。（嫌味でこの島の方言を使い）ばりんこ時間がないんだりよ……！
ハルコ　あ、はい。（厨房に）ライスカレーとコーヒー。
女　ぬる目ね。
ハルコ　（厨房に）ぬる目。（で、行くのかと思えば）そうですか、脚本家さん、半次郎捕物帖の。（と再び女に近づく）
女　（一人言か）違うって言えば良かった……。
ハルコ　五作目は？　もう出来とるん？
女　え。
ハルコ　五作目。

女　これから。明日オール・スタッフの会議なのよ。
ハルコ　ああ、そいでが急いで帰るんだりね。高木高助は？
女　高木くん？
ハルコ　（はしゃいで）高木くんて！　高木くんよぉ！　出るだりね？
女　出るわよ、たぶん。
ハルコ　たぶん？　何《なん》がたぶんて。
女　出る。出るわよ。
ハルコ　間坂寅蔵が出ん半次郎捕物帖なんてそんがら、失敗作だり。
女　ハハハ……。
ハルコ　まさかまさかの間坂寅蔵。え、この島にはなんで？
別の客　（いよいよイライラと）ねぇちょっと、水。
ハルコ　（迷惑そうに）ちょっと待ってくださいって。今大事な話がしとるんがっさ。
女　行ってあげなさいよ！　（その客に）ごめんなさい。
ハルコ　（別の客に）お水ですね。（とグラスを受け取ろうとするが、入ってきた男性客に）いらっしゃいませ。（と行く）
別の客　（絶句）……。
入ってきた男（ウルマ）　……森口ハルコさん？
ハルコ　はい……。
ウルマ　ウルマと申します。
ハルコ　はあ。

ウルマ　聞いとりませんか？　ミチルさんの……
ハルコ　ああ！　伺っとります伺っとります。（呼びに行き）ミチル！
別の客　（恨めし気にウルマを睨む）
ウルマ　（ので）え？
別の客　（敵意を持って目をそらす）……。
ウルマ　（わけがわからず）はい？
女　……。

すぐに、ミチルとハルコが来る。
少しして、「何事か」と店長も来るのだが、誰も気づかない。

ウルマ　（ミチルに）やあ、ごきげんよう。
ミチル　（手を振りながら近づき、奇妙な声を出す。でハルコに）ウルマ長助さん。
ハルコ　ええ、今。いつも妹がお世話になっております。
ウルマ　いんえこちらこそ。（ミチルに）ええお店だね。
ミチル　んんもう全然。
店長　……。
ミチル　ねぇ、見て。（とエプロンのポケットからアステアのスチール写真を出して見せる）
ウルマ　お、どうしたんがこれ。

ミチル　もらったんだりお姉ちゃんに。
ウルマ　へぇ。
ミチル　遅かっただりね。
ウルマ　ごめんちゃい。仕事がら長びきくさってがっさ。
ミチル　（嬉しそうなまま）ええけど。
ウルマ　（ハルコがスチール写真と自分を交互に見ているので）[※20]なんがらですか？
ハルコ　いんえ。お仕事て何《なに》やってらっしゃるですか？
ウルマ　害虫の駆除を。
ハルコ　害虫。
ミチル　ダニやらシラミやら。
ウルマ　シラミはやっとらんだり。ダニ、白アリ、あとネズミですね。そいがらウジ虫も最近がら多くて、今日もウジ虫ん大群がもう便所から納戸からウヨウヨウヨウヨウヨ。
女　……。
店長　君たち……。
三人　はい。
連絡船の汽笛。
ハルコ　あ。（と女を見る）

※20　言うまでもなく、フレッド・アステアとウルマは、似ても似つかないのである。

他の三人も女を見る。

ハルコ　（自分の時計を見て）大丈夫ですよ、まだ。（ハッとして）あ、止まっとるんだった！

店長　ライスカレー、今すぐ。

女　もういりません！　そんなお話聞かされてのライスカレーは、もういりません！

不意に暗転。

もう一度、長い汽笛が響く。

2 - 3

暗闇の中、ガラガラという玄関の扉を開ける音。

ハルコの声　（明るい声で）ただいま。（部屋が暗いので）電二郎さん？

電二郎の声　（忍び笑いまじりで）おう、早いな。

ハルコの声　あらおったん。どうしたんだりこんがら真暗んして。（と灯りをつけようと）

電二郎の声　ああ、つけんでええが。
ハルコの声　なんで？　こいじゃなんも見えんよ。寝とんの？
電二郎の声　活動観てきたんじゃないんだりか？
ハルコの声　観てきたよ。つけるよ電気。
電二郎の声　待たんが。（笑いをこらえながら）今写真が現像しとるだり。

女の笑い声も聞こえたような——。

ハルコの声　（笑い声に反応して）誰……!?
電二郎の声　電気つけたら感光がして写真全部パーになるがっさ。
女の声　（大笑いしながら）バカチン。
ハルコ　誰よ！

灯りがつく。※21　つけようとしていたハルコより一足早く、下着姿の女（お米《こめ》）がつけたのだ。

ハルコ　！　（目の前の女から飛びのくように離れる）
電二郎　（ハルコに）友達の内藤さんだり。見世物小屋で働いとってな、蛇が飲んだり剣《つるぎ》が飲んだりしとんよ。
お米　（大笑いで）そんがらデタラメこいて！
電二郎　（笑いながら）女房だり。（ハルコに）あいさつがせんね。

※21　この景（2－3）は少し特殊な演出をしている。四本のポールに二本ずつのゴムを取り付け、四人のダンサーがポールの位置を変えることによって、俳優三人をゴムのラインで囲んだ部屋が広さや形を変えるのだ。もちろん広さも形も、「ハルコの心情に合わせて」変化するのである。そのセッティングのためには、この台詞まで真っ暗にする必要があった。「お米」を演じた村岡希美さんがすぐ直前のシーンで「女」を演じていた事情もある。村岡は暗闇の中、衣装と帽子を脱ぎ即座に下着姿にならねばならなかった。リスキーではあったが、小野寺くんを中心にして、ダンサー、俳優と共に、稽古場でこうしたシーンを創っていくのはとても楽しい作業だった。

お米　帰るね。（と枕元の私服をとって）
電二郎　なんでぇ。まだ九時過ぎだり。
お米　（私服をひっかけながら）んん。帰る帰る。
電二郎　（お米に後ろから抱きつき）まだええやらが。
お米　ちょい、こちょぐったいだり！　酔っとるよあんた。
電二郎　酔っとるよ。
お米　んもう離せヒグマ！　（と笑いながら離れる）
電二郎　おい。
お米　（ハルコに）お邪魔さん。
ハルコ　……。

お米、出て行く。

電二郎　お米！　（ハルコのことを）こいつなら気がねせんでだいじょびだり。
ただん女房だよ。お米！　（あきらめて）また来いな。
ハルコ　……。
電二郎　……。（腹までめくれていたランニングシャツを直す）
ハルコ　（そのことに気づきながら）……。
電二郎　ゆうべん里芋ん煮っころがし残ってるだりか。ありゃ絶品だった。
ハルコ　……。

ハルコ、何も言わず別の部屋へ行く。

電二郎　おい。煮っころがし。

ハルコ、洋服箪笥の引き出しをあけて中の衣類をゴソッと出す。[※22]

電二郎　なんがしとん。おい。

ハルコ　出て行きます。

電二郎　バカっちょ抜かせ。煮っころがしそんがらとこ入っとんか思ってびっくらこけただり。（言いながら少し笑う）

ハルコ、答えず、もちろん笑わず、黙々と荷作りを続けている。

電二郎　なんがよ。内藤さんがこと怒っとんか。ただん友達だり。こんがらこと本気んしたら物笑いの種んなるよ。ただでさえバカなおまえがほんだらバカん見えるがっさ。

ハルコ　どいてよ……！　（と腕時計をはずして差し出す）

電二郎　なんがね。

ハルコ　壊れてがっさ。動かんくなってしまいましたとさ。

電二郎　壊したんか、俺が買ったたった時計。

ハルコ　ずぅっと昔よ！　（と別の荷物へ向かう）

※22　この芝居は1セットで大きな転換はない。持ち出す小道具は、せいぜいが、椅子、ベンチ、ちゃぶ台、小机、電話、バス停、襖、等々。そこで、ここではセットの一部である階段を洋服箪笥に見立て、その一段を引き出せるようにして、中に衣類を仕込めるようにした。

電二郎　内藤さんは内藤くんの妹だり。
ハルコ　（見ずに、冷たく）誰内藤くんて。
電二郎　……内藤さんの兄貴だり。
ハルコ　ズボンが前後ろよ。
電二郎　（内心しまったと思うが）わざとだり。
ハルコ　……。
電二郎　今朝穿く時ん、たまには前後ろもええもんじゃなかろうか思うて、（突然）わかった謝る。酔ってるんだり。（これも突然逆ギレで）しょうがなかろうが酔ってるんがら！
ハルコ　（挑みかかるように）また殴るん？　ええよ。どうぞいっくらでん殴ってちょうだい。
電二郎　（ひるんで）……殴らんよ。殴るんはおまえが生意気がこと言った時んだけだり。やったらめったらは殴らんよね？　そん前にちゃあんと注意がして、そんでも聞かん時に、初めて殴るだり。
ハルコ　お世話になりました。

ハルコ、荷物を両手に出て行こうとする。

電二郎　待てって！　（荷物を奪い）なんでが！　大の大人が謝っとんよ!?　鬼かおまえは！
ハルコ　鬼だり。

電二郎　（態度を豹変させ）こんだら可愛らしい鬼はおらんがよ。（と触る）
ハルコ　触らんで。
電二郎　（苦笑して）出てってどこ行くだり。妹んちか。活動小屋ん泊めてもらうだりか。こんウチがほんだら一番だり。おまえん煮っころがしがほめくれる人間がら他んどこにいるがっさ。だがろ？　行かん方がええ。
ハルコ　……。
電二郎　行かん方がええよ。
ハルコ　……行かんでほしい？
電二郎　うん行かん方がええ。
ハルコ　行かん方がええじゃなくて、行かんでほしい？
電二郎　じゃあ行かんでほしい。行くな。頼む。
ハルコ　……もう二度と連れ込んだりせん？
電二郎　誰を？　お米、（言い直して）内藤さん？
ハルコ　を含む女の人、誰でも。
電二郎　そんで気ぃ済むんがら連れ込まんがっさ。
ハルコ　（電二郎の目を見つめて）約束よ？
電二郎　約束約束。わかっただり。機嫌が直さんね。
ハルコ　（うなずき、微笑む）
電二郎　よし。ああ難儀難儀。
ハルコ　（泣きそうな笑顔で、少し甘えるように）こんがら、あたしん方がわがまま言っとるみたいじゃありませんか……。

電二郎　（いきなりサバサバと）つまらんことが言うとらんで飯作らんがね。ほいがら熱燗な。（どこかへ行こうと）

ハルコ　どこ行くん？

電二郎　うんこだり。

ハルコ　……。

電二郎　あれ誰だり？

ハルコ　はい？

電二郎　あん、便所の壁ん貼ってある、顔ん長い毛唐の写真。

ハルコ　ああ、フレッド・アステア。

電二郎　長いな顔。

電二郎、便所へと去って行った。

ハルコ　……。

2 - 4

遠雷。続いて雨の音。

佇むハルコはそのままに、舞台奥のドアが開くと同時に明かりが変わり、そこは2 - 1と同じく、ハルコのパート先のグリルの控え室になる。思い詰めたような表情で飛び込んで来たのはエプロンをつけたミチルで、しかし入るなりハルコの存在に気づくと、平静を装う。

ミチル なん、もう来てたん。早いだりね。
ハルコ ん、うん。休憩?
ミチル ん、うん。
ハルコ 降ってきただりね。早く来て良かった……。
ミチル うん……。

ミチルはエプロンのポケットから文庫本を出して読む。

ハルコ (ややあって)ねぇ、例の映画、今夜行かん?
ミチル (本に目を落としたまま)また行くん?
ハルコ うん、五回目だり。
ミチル ようお金があるね。
ハルコ タダよ。なんがら知らんけど小松さんがタダで入れてくれるんよ。
ミチル (含みのある言い方で)なるほどね……。
ハルコ なんがねなるほどて。だからきっとミチルもタダよ。
ミチル 好きなんだりよ、お姉ちゃんことがら。
ハルコ !? 誰が……?
ミチル 小松さん。

ハルコ　（動揺しながら）なんがら言うとんの。好きんわけないがっさ。小松さんはあん映画館の雇われ支配人だりよ。
ミチル　（苦笑しながら）理由んなっとらんよ。タダで入れてもらうっちゅうことは「はい受け止めました」言うとんと同じよ。
ハルコ　受け止めましたて何を。
ミチル　愛だり愛。
ハルコ　なんが……親切でしょ。
ミチル　（鼻で笑い）フン。
ハルコ　フンて……（一人言のように）小松さん奥さんも子供もいるんよ。
ミチル　そんがらこと関係ないだり。
ハルコ　あるでしょう。ミチルは……。
ミチル　旦那さんとうまくいっとるん？
ハルコ　え？
ミチル　電二郎さんと。
ハルコ　（笑って）いっとるよ……。
ミチル　そう。

遠雷。

ハルコ　……なんで？
ミチル　なんでもなにもないだりよ。

ハルコ　（気になって）いっとるようまく。いっとらんように見える？
ミチル　（事務的に）見えん見えん。
ハルコ　もう……お姉ちゃんがからかったらいかんよ。ねぇ、行こ映画。高木高助最高なんよ。
ミチル　（曖昧に）うん……。
ハルコ　行く？
ミチル　んん。（行かない、の意味）
ハルコ　なんでよ。キミちゃんならお向かいさんに
ミチル　（少し強く）そいがら気分じゃないんだり。
ハルコ　……そう。（時計を見て）そろそろか……。

ハルコ、エプロンをつけ、仕事の準備を始める。

ミチル　（不意に）人間がら、みぃんな見捨てられた魂んような存在だり。
ハルコ　（ギョッとして）なに……!?
ミチル　ええお姉ちゃん？　魂の観察者は魂ん中ん入ってくことはできんがっさ。だけんが魂ん淵んとこがら歩いて、魂と接触することはできるんだり。
ハルコ　（実はよくわからないのだが）ああそう。良かったね。
ミチル　お姉ちゃんわかっとる？
ハルコ　わかっとらん。ちんぷらかんぷらだり。
ミチル　見捨てられた魂と見捨てられた魂が、せめてがら来世にでも出会えれ

ばええだりが……。（溜息）

ハルコ　どうしたんだり。ミチル。

ミチル　どうもせんよ。

ハルコ　見捨てられた魂？

ミチル　そう。キミコにも今朝そう言って聞かせたんよ。

ハルコ　キミちゃんに？

ミチル　「早く起きて芋がゆ作ってくれ」て駄々がこねるから。

ハルコ　（再びギョッとして）キミちゃんまだ三つよ。見捨てられた魂はまだ無理だり。

ミチル　うなずいてただり。

ハルコ　そりゃこわいからじゃないの？

ミチル　違う違う。「結局がら人生は無だ」って言うたら、考え込んでただり。

ハルコ　芋がゆ作ってやりんね。どうしたんミチル。妙ちくりんな本読んどらんで映画行こ。ね！

ミチル　映画なんて何千年か経てば誰も覚えてないがっさ。[※23]

ハルコ　何千年か経ったら誰もおらんだり。おったとしてもなんがら得体の知れん虫やら黴菌だり。

ミチル　……時間じゃないの？　働かんと。

ハルコ　（ミチルを見つめ）……。

ミチル　なんがよ……。

ハルコ　ウルマさんにフラれたん？

※23　これを言ったら演劇なんか、下手すると二年も経てば、観客はおろか、演者ですら多くを忘れていたりする。必死になって本を書き、稽古をし、幕を開け、毎ステージを命がけで演じても、たった数年で、傑作も駄作も、同じように忘れ去られて行く。だったらどうしてこんなに一生懸命創作しているのだろう、と先日、ある芝居の稽古場で段田安則さんと話した。「儚さこそが演劇の良さである」「遺ろうが遺るまいが、楽しいからやってる」というのが、その時の結論。休憩時間が終わるので無理矢理出した結論ではあるが。

ミチル　（突如泣き崩れる）
ハルコ　泣かんで。ミチル。泣かんでよ。またええ人が見つかるよ……。（と言うしかない）
ミチル　もう見つからんだり！
ハルコ　見つかるて。お姉ちゃん内心ホッとしただりよ。
ミチル　なんでよ……！
ハルコ　万が一あんがら人と一緒んなって、ミチルが将来ネズミやウジ虫ん囲まれて暮らすんかと思うと
ミチル　囲まれんよ！　駆除だり！　取り除くんだり！
ハルコ　そうだけんが何匹かは取り除かれ損ねて
ミチル　損ねんよ！　あん人の仕事がバカっちょにせんで！
ハルコ　（困惑しながら）しとらんよ……。

ドアを開けてフライパンを手にした店長が来る。

店長　（ミチルを発見して）あ、いた。
ハルコ　あ、こんにちは。
店長　（ミチルに）まだ休憩時間じゃないよ！
ミチル　知らんが！
店長　（ミチルを指してハルコに）泣いてんの!?
ハルコ　泣いてますね。

店長　泣いたって駄目ですよ。何やっとるんですか君は！　トーストを焼かずに出すわところ天を焼いて出すわ。

ハルコ　え……!?　（ミチルを見る）

ミチル　（ヤケクソのように）革命だり！　レイボリューションがっさ！

店長　こんな小さな洋食屋に革命を起こしちゃいけません！　君はクビだ！

ハルコ　これからは気をつけさせますから！　革命もやめさせます。子供がいるんです。

店長　知らんよ！

ハルコ　妹を辞めさせるならあたしも辞めさせてもらいます！

店長　それは助かります。二人共エプロンとって一分以内に出て行ってください。

ハルコ　お願いです。妹だけは辞めさせせんであげて。

店長　しかし今問題なのはどちらかと言うと妹さんの（方だから）

ハルコ　（遮って）いいえ、あたしだってお皿バンバン割りますから。

店長　え!?

ハルコ　そりゃもうひどいもんです。

ミチル　お姉ちゃんあたしんことがかばわんでよいやらしい！

ハルコ　え……。

ミチル　お姉ちゃんてそういうとこほんだらいやらしいがっさ！

ハルコ　あたしはミチルの、キミちゃんの、

ミチル　だからやめてよ！

店長　辞めろ！

ミチル　辞めるがっさ！　革命だり！

ミチル、店長の手からフライパンを奪い取ると、ドアを開けて店内へと走り去る。

店長　（ひどく慌てて）あコラ、革命はやめなさい、革命はいかん！

店長も追って去った。

一人とり残されたハルコの目から、思わず涙が零れ落ちる。

ハルコ　……。

3

3-1

音楽。町の喧騒。

ハルコ、エプロンをはずし、外へ出て行く。

泣きながらトボトボと雑踏を歩くハルコ。
行き交う人々がやけに幸せそうに見える。
（ステージング４）
映写機の音。同時に、舞台上の何ヵ所かに『月之輪半次郎捕物帖』のオープニング・クレジットの映像及び音楽が映し出される。

ハルコ　……。

ハルコの目の前には、いつの間にか梟島キネマがあった。
ハルコ、誘われるようにして映画館の窓口へ——。

ハルコ　大人一枚……。
窓口の女　はい。

もぎりをしていた小松さんが窓口のハルコに気づく。

小松さん　あれ、ハルコちゃん。
ハルコ　（直視せずに小さく）こんちは……。
小松さん　どうしたん。ええよお金なんて。
ハルコ　（思い詰めた様子で）ええの。
小松さん　ええて。

ハルコ　いんえいけません！　小松さん、奥さんもお子さんもおるんがら……
……！

小松さん　（面喰らって）え？

ハルコ　もぎって。

小松さん　うん……。（と切符をもぎり）なんが。泣いとるん……!?

ハルコ　泣いとらん……！

それで、そこは映画館の中――。
ハルコ、二列目に座る。
『月之輪半次郎捕物帖』は茶屋のシーンを上映中。※24
ハルコ、鼻をすすり、涙を拭きながら、観ている。
ややあって――。※25
スクリーンの中の寅蔵（ワンショット）、台詞を言いながらチラチラとハルコを見る。

映画の中の寅蔵　またおるのか……。

ハルコ・観客たち　？

映画の中の寅蔵　（セリフを止め）……よほどこの映画に惚れ込んでおるな。

ハルコ　え……!?

映画の中の寅蔵　そなた、もう六回目であろう。

ハルコ　あたし……!?

※24　こうして、映画館の客と共に、この芝居の観客にも、再度、P24で既に観てもらった茶屋のシーンを観てもらう。この場面をしっかり印象付けることにより、劇の終盤でハルコが映画の中へ入っていった際の「異変」が際立つ、という計算である。

※25　スクリーンの中の映像は「茶屋」の次の「室内」の場面に移っている。

映画の中の寅蔵　そなたじゃ。なぜに六回も？
ハルコ　なぜにって、面白いからよ。
映画の中のお局　（声を潜め）寅蔵！
映画の中の寅蔵　面白いのはそなたの方じゃ。
ハルコ　え。
映画の中のお局　寅蔵！　お待ち！　どこへ行くのですか！
映画の中の寅蔵　もし御無礼でなければぜひともお伴願いたい。

寅蔵、スクリーンから抜け出して客席へ降りてくる。
ざわつく客席。

映画の中のお局　ちょっと！
映画の中の半次郎　寅蔵さん、そっち側はいけねぇ、ご法度だ。
寅蔵　（スクリーンに）それがしに構わんでくれ。（ハルコに）そなた……お名前は？
ハルコ　（あっけにとられながら）森口ハルコ。
寅蔵　ハルコ殿。どこか閑静な場所でゆっくり語り合おう。
ハルコ　（手を引かれて立ち上がり）だけんが、高木さん映画に出んと。
寅蔵　それがしは高木などという者ではない。間坂寅蔵じゃ。
売り子　（少し前に来ていたが、ようやく事態を把握し、大声で）支配人！
小松支配人！

映画の中の半次郎　（悲痛に）どこ行くんだい寅蔵さん！
寅蔵　（スクリーンに）かたじけないが後は適当に頼む。

寅蔵、ハルコの手を引いて、小走りに映画館から出て行く。

映画の中のお局　お待ち！　（とスクリーンから出ようと、見えない壁に顔を押しつけ、顔はぶちゃむくれる）

別のエリアに寅蔵とハルコが駆け込んでくる。

ハルコ　ねぇ、戻った方がええだりよ！
寅蔵　心配御無用。もう飽き飽きだ。
ハルコ　ちょっと、疲れただり。（とへたり込む）
寅蔵　あ、それがしとしたことが、迂闊千万であった。
ハルコ　寅蔵さんの助けがらなかったら、半次郎さんミイラに負けてしまうがっさ。
寅蔵　まさか。まさかまさかの間坂寅蔵。
ハルコ　映画ん中でやらんと……！
寅蔵　安心なさい。それがしが不在のまま半次郎の奴がミイラと戦《いくさ》できるわけがない。
ハルコ　そうなん？　だけんがええの？　お局さんとちょいとしたラブシーン

もあるでしょう？　あそこほんだら大好きよ。

寅蔵　あの女臭くてたまらんのだ。おしろいのにおいなのか腋臭《わきが》なのか。

ハルコ　そうなん!?

寅蔵　スクリーンの外では臭うまいが、えも言えぬ異臭を放つのだ。

ハルコ　そいは御苦労さんでした。

寅蔵　（笑顔で）だがもう永遠《とわ》に解放だ。きゃつらはあちら、それがしはこちらじゃ。

ハルコ　永遠て。

寅蔵　さ、いずこか人に見つからぬ所へ、どうぞ御案内を。

ハルコ　はあ。

　二人、去って行く。
　再び映画館内に明かり。
　スクリーンにはとり残された人達の映像。
　小松さんと売り子が来る。

小松さん　なにごとだり！　なんがね出てったって……！

映画の中の半次郎　（スクリーンの中から客席の小松さんに）出てっちまったんだよ寅蔵さんが！

映画の中の茶人　なぜじゃ、拙者達は出られんのに！

映画の中のお局　オタメゴカシもいいとこじゃ！　わらわを差し置いて！

小松さん　（スクリーンの中の人々に）まあまあ落ち着きんね。お客様がらごっちゃりいるんだりから……！
映画の中の茶人　落ち着いてなんぞおられるか！
映画の中のお局　そうよ！　次のシーンでは江戸の町がミイラに襲われるんだから！
映画の中の半次郎　次のシーンになんか行けねぇよ。寅蔵さんがいてくんなきゃ。

　襖《ふすま》を勢いよく開ける音。
　映画の中の三人、そちらを見る。

映画の中の情報屋　（部屋に駆け込んで）てぇへんだ！　例のミイラの化物が滝山町の呉服問屋に！
映画の中の三人　……。
映画の中の情報屋　……ん？
映画の中の茶人　来ちゃったよ情報屋……。
映画の中の情報屋　だって、遅ぇから……。
映画の中のお局　（イライラと）どうするのよ！
売り子　（小松さんに、小声で）映写機がら止めてしまったらええんじゃ？
映画の中の茶人とお局　いかん！　それはいかん！

女祈禱師がフレーム・インして来る。

映画の中の女祈禱師　どうしたの？　（半次郎に）なにごと？

小松さん　（スクリーンに）ちょ、女祈禱師の出番はまだだいぶん後でしょう。なんがしとるだり！

映画の中の半次郎　寅蔵さんが出てっちまったんだよ。

映画の中の女祈禱師　出てったってどこへ。

映画の中のお局　現実の世界へよ。わらわ達を見捨てて。

映画の中の茶人　たかが脇役一人の戯れ事の為に先に進めん！

映画の中の情報屋　（カメラに近づいて）現実の世界。どんなんだろうな現実の世界って。

映画の中の女祈禱師　（カメラに近づいて）あんまり楽しそうには見えないわねぇ。

客1（男）　（たまりかねて）なんがねこの映画は！　観客がバカにしとるだりか！

客2（女）　新聞には「波乱万丈の冒険時代劇」がら書いてあっただりよ！

映画の中の茶人　ふんぞり返って見てる輩に言われたかないね。こっちだって困り果ててるんだ。

客2　なんがねあれ、文句言っとるよ映画ん中ん人間が！　お金がら払って観に来とるあたしらに！

映画の中の情報屋　（客2に）なんだこのアマ、黙って聞いてりゃいい気んなりやがって！

小松さん　お客様に悪態がらつくんはやめんがっさ！

映画の中の半次郎　やめろよ！　落ち着け！　（小松さんに）なんとかしてくれねぇか、おいらの映画にゃ間坂寅蔵さんが必要なんだよ。（観客たちに）どなたさんか、あのお女中の素性知らねぇのかい。

小松さん　お女中？

売り子　女のお客さんと一緒ん出て行ったんです。

小松さん　どんがら人。

売り子　さあ、暗くてよく……。

客2　（スクリーンに）なんでもええがらがやりんね！　何《なん》がおもっちょろいこと！

映画の中のお局　（一喝して）黙れ田舎者！

　ザワザワする客席。

客2の夫　ウチん女房に田舎者とはなんがね！

映画の中のお局　わらわは将軍様のお局なるぞ。おまえの女房とは月とスッポンじゃ！

　泣き出す客2。
　さらにザワつく客席。

小松さん　（客席を見渡していたが、不意に）ハルコちゃんは？（売り子に）おい、ハルコちゃん。

売り子　さあ。

小松さん　ハルコちゃんおらんじゃないの。いつ出てっただり！

売り子　わからんです……！

小松さん　……まさか……。※26

音楽。

（ステージング5）

3-2

人気《ひとけ》のない海辺。波の音。

ハルコと寅蔵が坐り込んでいる。

寅蔵　（笑顔で）……くたびれましたか……。さんざん走らせてしまった。

ハルコ　んん平気。海がら来たん何年ぶりだりか……こんがら近所やのに。

寅蔵　それがしも第二作で半魚人と格闘した時以来だ。

ハルコ　ああ、あん時はハラハラしただり、海ん中引きずりん込まれて。苦し

※26　この景（3-1）で事態は大きく進展し、物語は一気にファンタジーの世界へと転がってゆく。それ故に、大切なのは「映画の世界から出てきた寅蔵」への、ハルコをはじめとした人々（スクリーンの中の人々も含む）の、リアクションの度合いと質だ。戯曲を読んでもらえばある程度はお分かり頂けるだろうから、野暮な説明は省くが、彼（女）らの反応がファンタジーとしての位相を示すことになる。稽古では、そこのところを出来得る限り明確にしてほしい旨を、強く演者たちに伝えた。

『カイロの紫のバラ』を初めて観た時の私も、まずこの点に大きく惹かれたことを憶えている。

かったでしょう？
寅蔵　（笑顔で）うん、半次郎の奴が助太刀に駆けつけてくれなかったら危うく土左衛門であった……。
ハルコ　観てるこっちも息ん詰まりそうだっただり……何べん観てもその度ん「ああ助かってよかったぁ」て……苦しくて苦しくて。
寅蔵　（やや複雑な思いで）うん……。あちらに見えるのは舟着き場？
ハルコ　え、ええ、港。
寅蔵　大きな舟だ。船頭はさぞかし難儀だろうな。
ハルコ　漕がんでも動くんよ。船頭はおらんだり。
寅蔵　船頭がおらずにいかにして動くんです。
ハルコ　ああ、ようわからんけどモーターがら、こう、（と説明しようとするがわからず）ようわからんだり。
寅蔵　（嬉しそうに）現実の世界は不可思議でいっぱいだ……。
ハルコ　映画ん世界の方がずっと不思議よ。ワクワクするだり。ミイラ怪人もドロドロ妖怪も現実にはおらんし。
寅蔵　（懐かしむように）ああ、ドロドロ妖怪。
ハルコ　あん時はハラハラしただり。寅蔵さんドロドロ妖怪のよだれで溶かされんそうになって。
寅蔵　（複雑な笑顔で）ああ。半次郎の奴が助太刀に駆けつけてくれなかったら危うく
ハルコ　ドロドロんされてただり……もう何べん観ても泣きそうんなっただり。

寅蔵　（しみじみと）すまなかったな……

ハルコ　はい？

寅蔵　（少しふてくされて）半次郎には感謝せんといかんな……。

ハルコ　（ハタと寅蔵の様子に気づき）あん人は主役やもん、仕方ないがっさ。主役ん役割っちゅうもんだり。

寅蔵　（曖昧に）うん……腹が減ったな。

ハルコ　あ、ポップコーンでええならあるだりよ、昨日んだけんが。（とバッグから紙袋に入ったポップコーンを出す）

寅蔵　かたじけない。

ハルコ　食べて。

寅蔵　（受けとって）映画の最中に客人らが食しておるのはかねがね眺めておった。

ハルコ　そう。

寅蔵　（食べて）歯ごたえがないな……。

ハルコ　歯ごたえはないんよ。無声映画ん時はおせんにキャラメルだけんがったりが、おせんべいさんはバリバリバリバリ音がらするでしょう？　大事な台詞が聞こえんくなる言うて、ポップコーンが売ることんなったんだり。ってキネマ旬報に書いてあっただり。

寅蔵　（見つめて）そなたは勉強家だな……。

ハルコ　（少し照れて）そんがらことないだり。妹とちがって本も読まんし。

寅蔵　そう。妹君がおるのか。やはり美しいのだろうな。

ハルコ　（水平線を見つめ、妹を愛おしむように）ええ子よ……ばりんこやさしゅうて……。
寅蔵　そうか……。

波の音。遠く、汽笛——。

ハルコ　あたしまだ頭がらグラングランしとって……なんがしてこんがらことなっとんかわかっとらんだり……。
寅蔵　そなたに会いたかった。ゆうべよりそれがしは横目でチラリチラリとそなたを見ておった。気づいておったろ？
ハルコ　いいえ。
寅蔵　それがしがミイラ怪人の体からほどけている包帯を、そうとは気づかずに
ハルコ　ああはい、傷口に巻いとる最中ね。
寅蔵　いかにも。
ハルコ　そん言われれば寅蔵さんそん時よそ見がらしとんなぁとは思うたけど、まさかんあたしんことが見とるなんて思わんかっただり。
寅蔵　それから居眠りの森で半次郎とそれがしが居眠り姫と出会ってミイラの急所を聞き出すところでも
ハルコ　あああのシーン大好きだり。居眠り姫がら真っ赤ん着物着てほんがらきれいで。

寅蔵　そなたとは比べものにならぬ。
ハルコ　……なんがら言うとんの。あたしなんかダメっちょよ。
寅蔵　ダメっちょなものか。ハルコ殿、そなたは美しい。ドンブリ姫の何倍もだ。
ハルコ　第二作に出てきたドンブリ姫!?　まさか。まさかまさかのハルコちゃんよ。
寅蔵　(笑う) 愉快だ。愉快で美しい。
ハルコ　……実はあたしも寅蔵さんがことばっかり見てただり。
寅蔵　まことかそれは。
ハルコ　まことよ。寅蔵さん主役じゃないけど、あたし寅蔵さんことしか目ん玉ん中入らんかっただり。
寅蔵　半次郎の立ち回りを木の陰に隠れて見てるときも?
ハルコ　はい。
寅蔵　色白伊達《だて》男大会のシーンで、与一や幹助に囲まれてるときも?
ハルコ　ええ。ばりんこ素敵だっただり。主役がらなくたって。
寅蔵　主役でないことを繰り返さんでくれ。
ハルコ　ごめんちゃい。そんがらつもりじゃないだり。寅蔵さんはあん映画におらんとならん、ほんだら大事な役柄よ。ほんとよ。
寅蔵　あっちのことはどうでもよい。こっちの世界の方がずっと楽しそうだ。第一あっちにはそなたがおらん。
ハルコ　こっちん世界のことがらよう知らんからそんがら思うんよ。あいにくこっちは今ばりんこ暮らしにくい世の中だりよ。

寅蔵　どうして。

ハルコ　世界的ん大恐慌がらずぅっと続いとるんよ。「景気は回復傾向んあるよぉ」て新聞は言うけど……そんがら嘘っぱちよ。みぃんな苦しんどる。こん二月にもおっきなクーデーターがらあって、大蔵大臣やらん偉い人たちがばりんこ殺されたんだりよ。

寅蔵　妖怪に。

ハルコ　んん人間。こっちに妖怪はおらんよ、わからんけど。

寅蔵　何だ、人間かい。人間なら恐くはない。悪人は斬り捨てればよい。金だってたくさんある。

ハルコ　こっちはそんがら簡単な世の中と違うんよ。悪いこと言わんから戻った方がええだり。映画ん中ん人達困っとるだりよ。ごめんちゃい、あたしもう帰らんと。

寅蔵　そうか……それがしはしばらくここにおるとするよ。

ハルコ　だけんが……そんだらそこんワカメ倉庫の中で少し休むとええよ。もし人ん見つかったらこうやるがっさ。（チンドン屋のように）「大売り出しだよ！」。やってみて。[※27]

寅蔵　なんだそれは。

ハルコ　ええから、ほら！

寅蔵　（仕方なくやって）「大売り出しだよ！」。

ハルコ　（今ひとつ、といった風で）うん……本当はビラか何かあるとええん

※27　活字で読むだけだとなんのことやらよく分からないかもしれない。時代劇映画の登場人物である寅蔵はチョンマゲに着流しという出で立ちなのであり、人目についたとき妙に思われぬ為にはチンドン屋のフリをすれば、というハルコの思いつきである。今よりずっとこの商売が一般的だった時代のお話だ。

がら……適当に休んだら戻るんよ。
寅蔵 いや、戻らん。
ハルコ 寅蔵さん。
寅蔵 それがしはそなたをお慕い申しておるのだ。
ハルコ ……あたしは人妻だりよ。
寅蔵 幸せなのか……？
ハルコ （内心動揺して）帰って晩ごはん作らんと。
寅蔵 今宵こっそり抜け出して会いに来てはくれぬか。
ハルコ ……無理だり。
寅蔵 （真剣な眼差しで、静かに）頼む、そう言わんでくれ。スクリーンから出てくるほどお慕い申しておるのだ。そんな武士は滅多におらんだろう……。そなたの申す通り、そこの小屋でお待ち致す。
ハルコ ……。
寅蔵 （微笑んで）待っておるぞ……。

寅蔵、ワカメ倉庫の中へと去る。

3-3

そこはハルコの家になる。

晩の食卓を挟む電二郎とハルコ。とは言っても食べているのは夫だけで、ハルコは明らかに気もそぞろな様子――。

電二郎　（不機嫌に）なんがねこんいわしん煮つけは……！
ハルコ　はい？
電二郎　くそしょっぱくさいよ……！
ハルコ　ごめんちゃい。あ、お茶。（とちゃぶ台に置く）
電二郎　（飲んで）これお湯やろが！
ハルコ　あ、ごめんちゃい。急須が通すん忘れただり。
電二郎　なんがらしとんだり、そわんこそわんこして……！
ハルコ　しとらんよ。（チラと柱時計を気にして）ごはん済んだら花札しん行くんでしょ？
電二郎　今夜は行かん。
ハルコ　え、だけんがネギ蔵さん達と花札しん行くがら言うて
電二郎　（遮って）やめた。しょっぱ……！　しょうゆん固まりがら食わされとんようだり。地獄の苦しみがっさ。
ハルコ　（そんなことより）なんで？
電二郎　は？
ハルコ　なんで行かんの？
電二郎　腰が痛いんだり。お茶は。
ハルコ　あ、はい。あ、それあたしん湯飲みだり。

電二郎　なんが……ええよ！　（とヤケのように飲む）
ハルコ　ごめんちゃい。
電二郎　もういらん。こん以上食ったら殺されるがっさ。しょっぱ死にだり。しょっぱ殺人事件がっさ。ちぃと按摩《あんま》せんね。
ハルコ　あたし出掛けんといかんのよ。
電二郎　!?　どこ行くだり。
ハルコ　赤ちゃんのお守り頼まれたんよ。
電二郎　誰に。
ハルコ　桂川さん。ようわからんだりが社交クラブやらん集まりに出たい言うて。
電二郎　桂川んとこの赤ん坊は死んだろう。
ハルコ　え。
電二郎　栄養失調で死んだだりよ。あんカミさん死んだ子んお守り頼んできただりか。
ハルコ　上ん娘さんよ。長女。
電二郎　長女はもう十六だり。こん間見合いして相手ん断られただり。
ハルコ　十六だけんがちぃと頭ん方がら遅れてがっさ。
電二郎　（ギョッとして）長女？　桂川んとこん？　そうなん？
ハルコ　知らんかったん？　そうなんだり、気の毒に。こん間も一人で留守番がさせたら「カッパが出たあ」って言ってコロ助から調理しようとしたらしいだり。コロ助。犬。

電二郎　（一瞬考え）なんでカッパがら出て犬を調理するんだり？
ハルコ　知らんよ。おそろし。
電二郎　そりゃ見合いも断られるがっさ……。いくらもらえるんだり。
ハルコ　はい？
電二郎　まさかタダじゃなかろうね、そんがらおそろしい子んお守りがさせて。
ハルコ　ああ、三十銭の約束がっさ。
電二郎　三十銭か。ええだりね。ほんがら早いとこ行ってやらんが。
ハルコ　（嬉しく）はい。
電二郎　前金でもらうんだりよ。
ハルコ　うん。そんがらちぃと着替えてきます。（とひっ込もうと）
電二郎　なんで。
ハルコ　ん、えんじ色（今着ている服の色）ん服見ると混乱するらしいんよ。
電二郎　なんがねそれは。（ひっ込んで行くハルコに）わけんわからんことをしたら容赦がらなくひっぱたくんよ！　教育だり！

4

4-1

（ステージング6）

映画館の支配人室。

巡査が何やら現場検証めいたことをする傍で、小松さんが血相を変えて電話をしている。

小松さん　（電話に）寅蔵です。ええそう、いつも半次郎に助けてもらってる間坂寅蔵、ええ。知りませんよ私だってこんなこと初めてですから！　スクリーンの中に残された連中は今なぁんにもやってないんですよ。客は金を返せって言ってわめくし館内はもうガラガラなんです！　（まぶしそうに顔をそむける）

いつの間にか入って来ていた新聞記者が、小松さんにフラッシュを浴びせたのだ。

巡査　記者さんは勝手に入っちゃ困るよ。（と新聞記者を追い出す）

小松さん　（電話に）ですから知りませんて。

別のエリアに、小松さんの電話を受けている小森林プロデューサーの姿が浮かび上がる。※28

小森林　（電話に）スクリーンから飛び出すなんて、そんなこと不可能でしょ

※28　映像と違って、舞台で電話での会話を見せるのは、本来あまり好ましくないことだ。にも拘らず、若い世代の劇作家は電話での会話を好んで書くのはなぜだろう。日常を描くのに携帯電話やメールが不可欠で、そこを描かないと不自然なのかもしれない。ま、そのことはともかく、私は昔から、やむなく電話のシーンを書く場合は、演劇ならではの面白さをと考え、極力同空間で、場合によっては超がつく近距離で二者を会話させる演出を好んできた。だから「別のエリアに」カールコードが繋がる受話器片手に登場した小森林は、話しながらどんどん小松さんに近づいてゆく。そしてカールコードは有り得ない長さまで伸び、時として小森林を引き戻そうとする。って、自慢気に記すほど斬新な演出ではありませんが。そのぐらいのことをしないと、こうしたシーンは単調になってしまう。

う。あなた酔っ払ってるんじゃないの⁉

小松さん　酔っ払ってなんかないだり！　あなたプロデューサーさんならなんがらしてくれんがっさ！

小森林　なんがらと言われても前例のないことだからね。映写機を止めちまえばいいんじゃないのかね。

小松さん　そんがらことしたら寅蔵が戻れなくなるだり。

小森林　しかし

小松さん　（遮って）寅蔵がらがっさ戻らんだら万がらいち事件が起こしたらあとがばりんこんなん言うてんばっち遅かりがろ⁉

小森林　何言ってるかわからんよ！

小松さん　あ……ごめんちゃい。

小森林　ごめんちゃ……バカにしてんのか人を⁉　切るよ。

小松さん　待って！　興奮して方言がキツくなってしまって……東京ん言葉に似せて言いますと、もし寅蔵が事件を起こしてからじゃ遅いんですよ、と、まあそういった意味のことを言ったんです。

小森林　（顔色変わり）……事件て。強盗とか、人殺しとか？

小松さん　人殺して！　おそろしいことを言わんでください！

小森林　君が言ったんじゃないか！

小松さん　いずれんしても映画の登場人物が野放しなんがっさ！　もし何かあって裁判沙汰にでもなったら責任を追及されるのはプロデューサーさんでしょう。

小森林　なんで私だよ！　演じてるのは高木高助だ。ったく、あいつはろくなことをせん！
小松さん　（ハッとして）高木さんは今どこに？　連絡つきますか？
小森林　今日から二泊、ロケでど田舎に行ってるよ。『半次郎捕物帖』の新作で。
小松さん　ど田舎か。なんとかして連絡つきませんか。せめて高木さんから映画の登場人物達に謝罪をしてもらえませんかね、寅蔵演じてるんですから。
小森林　また折り返すよ。
小松さん　急いでくださいよお願いですから。梟島キネマの小松です。
小森林　梟島？
小松さん　はい。支配人の小松です。小松はじめ。
小森林　小松はいいんだよどうでも。
小松さん　え。
小森林　今日からのロケ、梟島だよ。[※29]
小松さん　はい!?

4-2

音楽。
男女二人一組で踊る人々が現れるから、そこはダンスホール。[※30]

※29　そして最後の一言で、両者は完全に目を合わせるのだ。

※30　初演時は、前のシーンで受話器を握ったままフリーズした小松さんの周りを、踊る男女が取り囲むような演出をした。もちろん程なく彼は去って行くのだが。で、小松さんと入れ替わるようなタイミングで、寅蔵とハルコが踊りながら登場する。

その中には、出来うる限り着飾った風の和装のハルコと、ハルコが家から持って来た電二郎の服を着て、不自然に盛り上がった帽子[※31]をかぶった寅蔵の姿もある。以下、踊りながらの会話。

ハルコ　寅蔵さんほんだらに初めて踊るん？　ばりんこ上手だり。

寅蔵　（訛りをマネて）ほんだらに初めてだり。それがしんが映画ん中で踊っとんの、ハルコ殿見たことんなかろう？

ハルコ　この島ん訛りなんがら覚えん方がええがっさ。とり返しんつかんことになるだりよ。

寅蔵　そなたと同じん言葉を話したいがっさ。

ハルコ　駄目だりよ。似合わんだり寅蔵さんには。

寅蔵　似合わんのならやめよう。

ハルコ　そいがええだり。

寅蔵　そなたはとても似合っておるな。

ハルコ　訛りが？

寅蔵　訛りも召し物も。

ハルコ　ありがとさん。電二郎さんの服、古ぼけててごめんちゃい。あん格好んままんじゃさすがんうろつけんがら思うて。

寅蔵　とんでもない。感謝しておる。旦那様とはよくこちらに……？

ハルコ　んん、電二郎さんとは一度も。何べんか連れてってって頼んだりが、一度も。

※31　お分かりだろうが、チョンマゲの上からかぶっているからである。

寅蔵　そうなのか……どうやらあまりいい旦那様ではないようだ。
ハルコ　（慌てて）んん、そんがらことないだり。

　　二人は踊るのを止め、すでに食事を済ませたとおぼしきテーブルへ——。

ハルコ　今は誰んとっても厳しい時分なんよ、とくに失業がらしとる人間んとっては。
寅蔵　（どこか軽く受けとめており）そう。よくわからないがそれは大変であるな。
ハルコ　大変なんだり。現実ん人間は年がとったり病気がしたり……本当の愛っちゅうもんを知らんで死んでいく人もおるんだり……。
寅蔵　ほう。それがし共の世界では半次郎はじめ、皆、元気に張り切っておるがな。
ハルコ　現実ん世界は弱い人間ばっかりだり……。
寅蔵　気弱になるな。それがしにまかせておけ。
ハルコ　……。

　　ウェイターが来る。

ウェイター　お食事の方はお気に召されましたでしょうか。

ハルコ　ええもう、ほんだらおいしかっただり。
寅蔵　うん。そろそろ出るとするか。（ウェイターに）勘定を頼もう。
ウェイター　は。（伝票を読み上げて）鯛の蒸し焼き、牛肉のガランディン、蒸し鳥の膝栗毛《ひざくりげ》、ガツバメのソンガラッカブッチン、デンドロカカリアの卵のバンズディンガディンガディンガディンガビットロ、お飲み物諸々。以上でお間違いございませんか。
ハルコ　一体どんがらもんをどんがら風に料理したんかもわからんけど、ばりんこおいしかっただり。
寅蔵　板前頭にあっぱれと伝えてくれ。
ウェイター　はあ。

寅蔵、テーブルの上に銭入れの中の金をザザッと出す。入っていたのはすべて江戸時代の硬貨《こうか》だった。

ハルコ　あ……！
寅蔵　何文目になる。いるだけとっていけ。端数は駄賃だ。おさめておけ。
ウェイター　面っちょろい御冗談ですね。
寅蔵　何がだ。
ハルコ　（慌ててウェイターに）昔んお金だりよ。売っ払えばばりんこ高い値がらつくがっさ。
ウェイター　本物ならね。

ハルコ　はい……？

ウェイター　これは……映画か芝居に使うお金ですね……。

ハルコ　！

寅蔵　（事態を全く理解できておらず、笑顔で）いいから。おさめておけ。

ウェイター　……店長を呼んで参ります。

ウェイター、去った。

寅蔵　なんだあの配膳係は。

ハルコ　（蒼冷めて）大変だり。あたしも無一文よ。警察ん捕まるがっさ。

寅蔵　捕まる？　どうして。

ハルコ　早く逃げんと！

ハルコ、寅蔵の手を引いて逃げる。
それまで流れ続けていたしっとりとした音楽が、突如アップテンポになる。

ウェイター　あ、こら！　食い逃げだり！　食い逃げだりぃ！

ウェイター追おうとするが、図らずも踊る人々が行く手をふさぎ、思うように進めない。

4-3

映画のロケ隊が宿泊している旅館の一角。
女将が笛本を案内してやって来る。旅館に笛本宛の電話があったのである[※32]。
少し離れた場所に浴衣姿の嵐山が座って煙草を吸っている。

女将　こちらでございます。
笛本　すみません。
女将　お部屋のほうはいかがですか？
笛本　バッチリ快適です。
女将　（嵐山に気づき）あらぁ。（嬉しくて少しはしゃぎながら、嵐山の前を通り過ぎる）
嵐山　どうも。
女将　（笛本に）お客さんはマネージャーさんなんですよね。
笛本　え、ええ。
女将　どちらの？　嵐山さん？
笛本　いえ、高木です。高木高助。
女将　（知らず）高木、高助さん。

※32　この頃はまだ、旅館だろうが会社だろうが、建物やフロアに一台しか電話がないのが普通だった。

笹本　高木のマネージャーだから高木と相部屋なわけで。嵐山さんのマネージャーだったらわざわざ高木と相部屋にはしませんから。電話は。
女将　あん方、高木さん？　俳優さんなんですか。
笹本　ええ、俳優ですよ。結構出てますよ。いろいろ。
女将　はあ、こちらです。スタッフさんが思いました。
笹本　いえ……。いい俳優なんで観て下さい今度ぜひ。
女将　（流して）はあ。

二人、電話がある小部屋にたどり着いた。

女将　（襖を開けて）あの……。
笹本　はい？
女将　サインが頂けませんかね……？
笹本　高木の？
女将　嵐山さんの。
笹本　いやそれは。私高木高助のマネージャーだから。
女将　（とたんにひどく不機嫌になって）ええんですか電話。
笹本　……。（置かれていた電話の受話器をとる）
女将　（ぶっきらぼうに）ごゆっくり。

女将、乱暴に襖を閉めて去る。

笹本　……。（電話の相手に）もしもし笹本です。すみませんお待たせして。ええ無事着きました。しかしひどくさびれた島ですよ。どうされたんですか。（顔色変わって）……出て行ったって、え!?

部屋の外、長椅子で煙草を吸う嵐山の近くに風呂上がりの高助が現れる。

高助　おう。夕涼みかい。
嵐山　部屋が臭いんですよ。なんか妙な虫もいる。制作部も考えてほしいよなぁ宿泊。
高助　二日間だよ、我慢しろよ。なかなかいい風呂だよ。
嵐山　マネージャーさん電話ですよ。
高助　電話？　誰から？
嵐山　（冷ややかに）さあ。僕が知るわけないでしょう。
高助　（明るく）そりゃそうだ。
嵐山　母上が危篤なんじゃないですか。
高助　（ものすごくウケて）うまい！
嵐山　（シラけて）うまくないですよ。
高助　（どういうつもりなのか）ひゃー。
嵐山　……。あ、そうだ高木さん。つまらない発案を根本女史に吹き込まないでください。

高助 え？

嵐山 根本さん。脚本家。

高助 （やや気まずく）ああ、吹き込むって別に。よかったらどうですかって提言しただけだよ。

嵐山 ぜひともって言われたって言ってましたよ。

高助 ん、だからよかったらぜひともって。（苦笑して）そんな神経質にならなくったってそんなの現場でいくらでも

嵐山 （遮って強く）俺の映画をくだらない三文喜劇にしたくないんですよ！

高助 ………三文喜劇って……。

嵐山 監督にも言ったんです。フランク・キャプラ、ルネ・クレール、ジャン・ルノアール、海の向こうじゃ次々と深遠な映画が作られてる。ここらで日本映画も奮起しないといかんのじゃないですかって。

高助 深遠て、半魚人やミイラ怪人と戦う映画で……。

嵐山 だからこそ今回の第五作は見えない敵と戦うんですよ！　おチャラケ一切なしで。

高助 見えない敵ったって透明人間だよね。

嵐山 見えないでしょう。

高助 見えないけどさ……。

嵐山 ですから高木さん、深遠な映画に透明人間が女湯に侵入するエピソォドなんか必要ないんですよ！

高助　（嵐山の語気の強さにやや困惑し、苦笑まじりに）わかったよ。せっかく透明人間だからと思ってさ……。
嵐山　……それから明晩の撮影、あれやめましょうね。
高助　あれってどれ。
嵐山　（二度見をして）こういうやつ。
高助　え？
嵐山　誰か見つける度に（二度見して）こういうやつです。高木さんやるでしょう必ず。
高助　（苦笑しながら）ああ、二度見ね。
嵐山　っていうの？　知らないけど。[※33]（吐き捨てるように）くだらない。
高助　（カチンときたのだろう、真顔になって）……あれはいいんじゃないかなぁ。あのぐらい。
嵐山　（鋭く見据えて）よくないよ。
高助　（嵐山を睨むように見て）……。
嵐山　（高圧的に）……なんですか。
高助　（目をはずして）なんでもないよ……。
嵐山　そう。それでいいんですよ。
高助　……。

電話を終えた笛本が来る。

※33　笑いのテクニックとしての「二度見」は、それこそモリエールの古くからあったとされるが、一般に認知されたのは昭和の終わり、或いは平成の始めではないだろうか。笑いに興味のない二枚目若手俳優の嵐山が知らなくてもまったく不思議はないのである。

笹本　何、どうしたの。
高助　どうもしないよ。
笹本　ちょっと話が。部屋戻ろう。
高助　（うるさそうに）なに。
嵐山　僕はずしますよ。ちょっと散歩行ってきます。（高助にことさら深々と頭を下げ）明晩よろしくお願いします。（去って行く）
高助　……。
笹本　（その背に）お休みなさい。

高助、嵐山がいなくなると、突然、座っていた椅子を蹴り倒す。

笹本　なんだよ……。
高助　なにが深遠だよ……！
笹本　深遠？
高助　（イライラと）なんでもないって言ってるだろ！
笹本　何カッカしてんだおまえは。えらいことになったよ。
高助　（まだイラついたまま）何が。
笹本　スクリーンから間坂寅蔵が飛び出して失踪した。
高助　へぇ。え!?　（二度見になった）
笹本　出てっちゃったんだよ寅蔵が映画の中から。客の女性を誘拐して。
高助　大丈夫かい笹本さん。

笹本　俺もそう言ったよ小森林プロデューサーに。
高助　出てったって……出てかないだろ普通……。
笹本　寅蔵に言え。
高助　（口ごもりながら）だってあいつは、間坂寅蔵は俺が演じた人物だよ。
笹本　（かぶせて）そこだよ問題は……！　おまえのそっくりさんが勝手に動き回ってるんだぞ！　そいつが銀行強盗や婦女暴行をやったらどうなる!?　すでに客の女を誘拐してるんだ！
高助　俺のせいじゃないよ。
笹本　おまえのせいじゃないけど、プロデューサーはおまえが自分の分身を押さえられないならもう二度と使わんと言ってる。
高助　え……。
笹本　とにかく部屋で話そう。

二人、去って行く。
（ステージング7）

4-4

映画館の前。
観客への対応に大わらわの売り子。

観客A　あの連中がらなんだり！　こっちんじろじろ見てくだらんことがくっちゃべるだけだり！
観客B　金が返してくれんかね！
売り子　（ヤケにキッパリと）お金は返しません。
観客B　（たじろいで）返さんてそんが。
観客C　なんも筋がない、こんがら映画あるもんかね！
観客D　（やって来て）こいが三日前に観た映画と違うじゃないのよ！
売り子　ごめんちゃい。
観客D　お金を
売り子　（と言いかけるなりかぶせて）お金はお返ししません。
観客D　私は三日前に観たのと同じ映画が観たいんよ！

少し前に小松さんが来ていた。

小松さん　（写真を撮っている新聞記者に）ちょっと。
新聞記者　はい。
売り子　支配人。これどうしたらええだりか。
小松さん　今スクリーン中は？　どんがらなっとる？
売り子　どんがらもなっとりませんよ。さっき観ん行った時はみんなで女祈禱師が持ってきた花札やっとっただり。

小松さん　……お金お返しして。
売り子　え。返すなら私にください。
小松さん　え、な、それどんがら理屈よ！
売り子　（客達に）ほんじゃ半額だけお返しします。（と行く）

観客たち、皆「半分てなんだりよ！」とか「なんで半分がっさ！」とか文句言いながらも売り子について行く。
そこには小松さんと新聞記者だけが残った。

新聞記者　寅蔵はどこんおるんです。
小松さん　こっちんが聞きたいだり。（小声で）ええですか、大げさに書きたてんでくださいよ。小さな映画館なんがら。他んかけるフィルムもないがっさ。

巡査が来た。

巡査　支配人。寅蔵と一緒ん出てった女性んことだりが……、
小松さん　（新聞記者を気にして小声で）なんがらわかったですか？
巡査　いんやいんや、こっちんが聞いとるんです。
新聞記者　（むしろ巡査に）女性がら一緒なんだりか。
小松さん　ええんですよ！

新聞記者　ちいとお話んが聞かせてもらえます？
巡査　え。（新聞記者に連れて行かれる）
小松さん　（のを追って）ええんだりよ！

三人、去る。[※34]

5

5－1

無銭飲食をした寅蔵とハルコが、むしろ楽しそうに走って来る。
波の音が聞こえるから、そこは再び浜辺。[※35]

寅蔵　ハルコ殿とおると実に楽しい。無銭飲食も捨てたものではないな。
ハルコ　捨てたもんがっさ。ああもう、どんがらなるか思っただり……！

ハルコ、へたり込む。

寅蔵　（誠実に）金のことは相すまなかった……。

※34　三人が去ったあと、初演時には、売り子と、彼女を追いかける観客の一群に、再度舞台を横切ってもらった。「なんで半分なんだりか！」とか「全額返さんかね！」とか「何か言いなさいよ！」とか言いながら。

※35　ここでは背景に満月を投映した。ハルコと寅蔵にとって、最もロマンチックな時間が訪れる、そのお膳立てである。ベタベタな演出であるが、二人の真っ直ぐな純愛を思えば、ベタベタなぐらいがちょうど良いと考えた。

ハルコ　（その誠実さにやや戸惑いつつ）ええんよ。あたしも迂闊千万でござっただり。
寅蔵　（笑う）
ハルコ　ただん、お金がら持っとらんとこっちん世界ちゅうんはほんだら暮しにくいとこだりよ。
寅蔵　ならば職を見つけるさ。
ハルコ　そんがら楽ちんがことじゃないんよ。朝んから晩まで働くんも大変なことだりよ。
寅蔵　そうだな。ハルコ殿が傍におってくれねばつまらぬ。やはり働くのはやめて、ふたりで情に生きよう。互いに慈しみ合っておれば多少の不自由などなんでもない。いかなる困難もきっと乗り越えられる。
ハルコ　そいは映画ん中ん台詞よ。
寅蔵　こうして改めて眺めるとハルコ殿、そなたは呆れるほど美しい……。
ハルコ　寅蔵さんはあっちん人間よ……。

寅蔵、ハルコを抱きしめる。
間。

寅蔵　（周囲を見回して）……フェード・アウトしないな。
ハルコ　なん？
寅蔵　思いを寄せ合う男女が抱き合いめでたしめでたしとなると画面は必ず暗

くなるのだが。

ハルコ　（うっとりと）こっちではならんのよ。そんがらなるんは映画ん中だけだり。

寅蔵　フェード・アウトしない……？

ハルコ　せんよ。ただん、こんがらして目ん閉じるとあたし、どこかん別ん場所におるような気分になるだり。まるで次ん場面に変わったみたいがっさ。

寅蔵　そうか。そなた達はフェード・アウトなしで抱き合うのか……。

ハルコ　うん、そう。

寅蔵　ハルコ殿、そなたと口吸いを試みても良いか。

ハルコ　はい!?

寅蔵　口吸いだ。時折酔った男女の客人が互いの口を一心不乱に吸い合っておるのを、スクリーンの中から見かけた。

ハルコ　はあ。

寅蔵　ぜひとも一度やってみたかったのだ。さあ。

ハルコ　（キスをしようとする寅蔵を制して）いかんだりよ。あたしはそんがら女じゃないがっさ。そいにあたしは人妻だり……。

寅蔵　……ハルコ殿。そなたの旦那はそなたに狼藉《ろうぜき》を働くのであろう？

ハルコ　……。

寅蔵　今度殴られたらすぐそれがしに申せ……それがしがたたき切……（言い直して）殴り返してくれる。

ハルコ　やめといた方がええだりよ。あん人十二ん時熊と相撲とって勝ったんよ。

寅蔵　勝ち負けは別だ。それがしはこう見えても向こうみずな性分に書かれておる。いざやる時は命がけだ。本当にやる。木の陰に隠れて見ておるだけの男ではないということを旦那にわからせてやる。

ハルコ　悪いけんど、もうそろそろ帰らんと。こんがら時間だり。

寅蔵　……。

ハルコ　なんだったんかね今日は……目まぐるしい一日だったと思わん？

寅蔵　そうだな……。

ハルコ　寅蔵さんはどんがらするの？

寅蔵　今宵はワカメ倉庫で眠ることにしよう。近くを散歩して夜の空気を吸って……自由を楽しむ。そして……朝までそなたの夢をみるとしよう……。

寅蔵、ハルコにキスをする。

波の音――。

寅蔵　おやすみ。（ワカメ倉庫へ向かう）

ハルコ　（うっとりと）おやすみなさい……。

5-2

別のエリアから電二郎の粗雑な声。
一瞬にしてそこは翌朝のハルコの家。

電二郎　（髭を剃りながら）ゆんべは遅かっただりね。
ハルコ　ん、へぇ、電二郎さんなまずんように眠りこけてたがら起こさんかったんよ。
電二郎　なまずんようにて、人をなまずみたいに言うな。
ハルコ　ごめんちゃい。
電二郎　二週間ぶりが風呂ん行って気持ちんようなったがっさ。文句がらあるだりか。
ハルコ　ありません。
電二郎　お茶淹れんかね。
ハルコ　はい。
電二郎　ゆんべおまえん妹がら来たがっさ。
ハルコ　ミチル？　ここに？
電二郎　十時過ぎだり。まさんかおまえおらんとは思わんがったそうがら。
ハルコ　なんしに来たんだりか。
電二郎　姉さんに会いによ。あん子おまえになんが悪いことがしたんだりか？
ハルコ　なんで？
電二郎　おまえに謝っといてくれて。昼間はごめんちゃいとが。
ハルコ　……そう。（嬉しい）

電二郎　なんがされたんかね？　されたんがら迷惑料請求せんね。
ハルコ　んん、なんもされとらんよ。
電二郎　フン……。
ハルコ　……。
電二郎　活動小屋で騒ぎんあったみたいだりね。
ハルコ　はい……!?
電二郎　活動小屋だりおまえん大好きな。風呂ん帰りん通ったらごちゃまんが
　人だかりがっさ。
ハルコ　（内心焦っているが）そうなん？
電二郎　ようわからんだりが、男が活動写真が観てた女んかっさらって裏口
　から逃げたそうだり。
ハルコ　女て？　誰？
電二郎　男ん方は役者らしいだり。おまわりもようわかっとらんがっさ。
ハルコ　女は？　そん女ん方ん人は誰かわからんて？
電二郎　知らん。もう殺されくさっとんがっさ。そんがらもう夜は活動写真が
　行くな。危険だり。
ハルコ　（少し嬉しく）[※36]殺されんよ。
電二郎　おまえが殺されくさったら飯んやらお茶やらが不便でかなわんがっさ。
ハルコ　……。
電二郎　（手を出して）ほい。
ハルコ　はい？

※36　そう、こんなにもどうしようもない夫にでも、こうした言葉を掛けられると「少し嬉しく」思ってしまうのがハルコなのだ。

電二郎　出さんね。子守の駄賃。
ハルコ　そ、そいが、桂川さん持ち合わせがら無いちゅうて、そいで今日あとで取りに行くんだり。
電二郎　（声を荒らげて）前金でもらえてあれほど言うたろうがどぶ臭い！
ハルコ　わかっとったけど細かいお金が無いちゅうし遅くなるんも嫌が思うて帰ってきちゃったんだり。
電二郎　……あとでもらうんだりね。
ハルコ　はい。
電二郎　今日だりね。
ハルコ　今日よ。
電二郎　……ったく。おまえは昔っから身体ん芯までどぶ臭いがっさ。
ハルコ　……。

5-3

（ステージング8）
そこは3-1同様の映画館になったが、このシーンはスクリーンに映る映画は映像では無く実演で行われ、彼らの背景には、当然ながら映像と同様の道具が置かれている。[※37]
スクリーンの中にいるのは、半次郎、茶人、お局、女祈禱師の四人が

※37　こうしたやり方も演劇ならではだ。映画では不可能な方法であろう。『カイロの紫のバラ』には同様のシーンがあるが、圧倒的にこちらの方が面白く作れたと思う。って、ネタ元あっての本作なのだから、まったく頭は上がらないのだけれど。

花札をしている。場内には宿屋から駆けつけた高助、笛本、そして支配人の小松さんがいる。

しばし、映写機の音のみが響いている。

皆　……。

高助　（啞然としてスクリーンの中の人々に）何やってんだよあんた達……ミイラ怪人とも戦わずに。

小松さん　まあそんが言わんでやってください。

茶人　仕方がないじゃないか。あいつが出てって主役がすっかりやる気無くしちまったんだから。

半次郎　寅蔵さんあっての月之輪半次郎なんだよ。

お局　（半次郎に）わからないね。一作目からあの男、おまえの足を引っ張ってばかりじゃないの。

女祈禱師　そうよ。いい加減うんざり。毎回毎回寅蔵のヘマのせいで無駄な祈禱ばかりさせられて。

高助　ちょっちょっ、そういう言い方はないんじゃないの？　こっちはそう脚本に書かれてるからやったまでなんだからさ。

笛本　（制して）おい、架空の人間に食ってかかってもしょうがないだろう。

小松さん　そうだりよ。（スクリーンの中の人々に）みんながそんがら風にスクリーン中んとどまってくれとることにはばりんこ感謝しとるがっさ。

（笛本に小声で）どんがらなるんですかこれ。上映中止んなるんだらそれなりん補償をしてもらわんと。

茶人　（聞こえていて）え？

小松さん　（フォローして）もちろんあん人たちにも。

笛本　そういうことは映画会社と交渉してください。

お局　中止!?　たかが脇役ひとりが出てったからってなにも中止にすること（ないでしょう）

高助　（カチンときて遮り）脇役って、そんなこと言ったらあんた達だって脇役だろう！　たかがって、どれだけズッコケや寄り目の練習したと思ってるんだよ。

お局　どんなに練習したって脇役は脇役よ。

高助　だからあんたも脇役だっての。

お局　足を引っ張る脇役と引っ張らない脇役じゃ迷惑のかけかたが

高助　（遮って）寅蔵が迷惑かけるから面白くなるんだろ映画が！　わかってねえなぁ！

お局　わらわたちの身にもなりなさい……！

茶人　（何を言うかと思えば）お局さん、あんた臭いよ！

お局　（絶句して）な……！

女祈祷師　そうね臭いわよあんた。ずっと言わないどいてあげたけど。

お局　失礼千万な、お局に向かって

茶人　（遮って）我慢してたけどこの際わかっといてもらった方がいい。臭い脇役と臭くない脇役じゃ迷惑のかけ方が違うんだよ。

女祈禱師　それはそうだわね。
お局　あんた達何様のつもりで（そんなこと）
小松さん　仲間割れはやめんね！
お局　寅蔵が戻ってきたら呼んで！

お局、スクリーンの中の襖の向こうへ去る。

高助　（笛本に）こんな奴ら眺めてたって時間の無駄だよ。イライラするだけだ。
茶人　そうだよ。こっち来てるヒマがあったらあのヘッポコ侍を探して連れてきたらどうだ。
高助　俺のせいみたいに言うなよ、俺だって被害者なんだから。
女祈禱師　今頃寅蔵、あのおなごを凌辱《りょうじょく》してるんじゃない？
高助　勘弁してくれよ！　あいつの指紋は俺の指紋なんだからさ。
笛本　（小松さんに）なんとかこの事件が外部に漏れないようにお願いします。
小松さん　とっくに漏れとりますよ島中に。
笛本　島の中でとどめといてください、頼みますよ！
小松さん　こん島だけの新聞記者ふたりは知り合いなんでなんとか口止めします。口止料は……
笛本　頼み込んで出してもらいますよ。映画会社だって騒ぎは最小限に食い止めたいでしょう。

小松さん　（笛本の様子がおかしいので）どんがらしました。
笛本　小便がしたいんです。
小松さん　してくればいいんじゃないですか。
高助　ともかく出よう。作戦会議だ。
笛本　（小松さんに）よろしく。
半次郎　（行きかけた二人に）俳優さん！
高助　（立ち止まり）？
半次郎　（切実に）どうにかして寅蔵さんを探し出してくれよ。あの人がいてくれねえと俺まったくシマらねえんだ……張り合いがねえんだよ……。
高助　……いい奴だなあんた。（笛本に）よくわかってるよ。
半次郎　世辞はいらねえよ。俺のことなんかより寅蔵さんを。
高助　（笛本に）演じてる人間とは大違いだね。[※38]
笛本　行こう。
半次郎　（二人の背に）頼んだぜ。

高助、笛本、去る。

5-4

ハルコと電二郎が住む家の前の路上である。電二郎が友達のネギ蔵[※39]を

※38　半次郎は寅蔵を慕っているのだが、彼を演じている俳優（嵐山）は寅蔵を演じている俳優（高助）をひどく嫌っている、という哀しい構造は『カイロの紫のバラ』には無いものだが、なかなか面白いと自負している。逆では駄目だ。虚構の人物同士の関係が、現実のそれより暖かい絆を結ぶからこそ、シニカルな面白味が浮かび上がる。

※39　どうでもいいが、ネギ蔵という名前が好きだ。親はどういう思いで付けたのだろうか。

引き連れて現れる。

電二郎　（苦笑しながら）人違いだり。ゆんべはあいつ、桂川んとこん子守りが行ってたがっさ。

ネギ蔵　いんや、あれはおまえんカミさんよ。そん男、ダンスホールが入り口で帽子落としたがっさ。そんがらしたらびっくらよ。

電二郎　あん？

ネギ蔵　ばっちそん男ん頭、ちょんまげだったんだり。

電二郎　ハハハ、チンドン屋かね。

ネギ蔵　ピンと来んかね。活動小屋ん騒ぎがっさ。

電二郎　……。（無理して少し笑い）まさか。

電二郎、家の前にいる神妙な小松さんを発見。

電二郎　……なんがね人んちん前で。

小松さん　ごめんちゃいね。

電二郎　（低く威圧的に）なんの用だり……。

小松さん　いんや、あの、

電二郎　そん言《い》や、あんたハルコん奴に毎日タダで活動写真みせとるらしいね……。

小松さん　そんがら、毎日では……ハルコちゃん、（慌てて言い直し）奥様は、今日はどこに？
電二郎　……なんで。
小松さん　（ひきつり笑いで）いんえ、元気でどこがらにおるんならええんです。
ネギ蔵　（やっと誰かわかって）ああ、映画館のへっぴり男か。
小松さん　ああ、ネギ蔵さん？　こんちは……。
ネギ蔵　（答えず、小松さんのことを笑って電二郎を見る）
電二郎　ハルコが探しとるんか。
小松さん　いんや探しとらんです。ごめんちゃい。（逃げるように行こうとする）

電二郎、乱暴に小松さんの胸ぐらを摑む。

小松さん　ひっ！
電二郎　入らんね。
小松さん　だけんが仕事があるんで。

電二郎、やにわに小松さんを殴る。

小松さん　！
ネギ蔵　電さん。

電二郎　（ネギ蔵に）やかまっちいわ！　（小松さんに）入れ。

小松さん、ネギ蔵、電二郎の家へ――。

5-5

明かり変わると、別のエリアはミチルの家の前で――。
寝巻き姿のミチルと対峙しているハルコ。

ミチル　はい五十銭。
ハルコ　（受け取って）ありがとさん。来月必ず返すだり。ごめんちゃいね、朝早く押しかけこんがらお願いで。
ミチル　ええよ。……お姉ちゃん、
ハルコ　（言いたいことはわかってるとばかりに）電二郎さんから、伝言承りました。
ミチル　うん……ごめんちゃい……。
ハルコ　ええんよ。もう忘れただり。お姉ちゃんこそ留守でごめんちゃい、わざわざ会いん来てがらくれたんに……。
ミチル　んん……。
ハルコ　ウルマさんことは……もう……

ミチル　ウルマさん？　誰だり。そんがら人知らんよ。

ハルコ、ミチル、どちらかともなく笑い合う。
赤ん坊をねんねこでおぶった近所の女が通る。

ミチル　（笑顔で）おはようさん。
近所の女　おはようさん。
ハルコ　（ミチルに）風邪っこがひいてしまうだりね。お家ん中入りんね。
ミチル　うん。
ハルコ　お姉ちゃんもちぃとだけ入れてもらってお茶ん一杯だけごちそうになろう（かな）
ミチル　（ハルコが入ろうとするのを遮って）ごめんちゃい。今朝は駄目なんだり。
ハルコ　……そう。
ミチル　ごめんちゃいね……。
ハルコ　んん……。
ミチル　……。
ハルコ　……。（窺うように）誰んかおるん？
ミチル　（少し言い難そうに）ん、うん。
ハルコ　男ん人？
ミチル　どちらかと言えばねそうだりね。

ハルコ　またできたん彼氏。
ミチル　うん……今は誰んか言えんのよ。
ハルコ　はあ……。
ミチル　お姉ちゃんがら聞いたらびっくらこけて目ん玉飛びん出る人よ。でも誰んかは言えんの今は。ゆんべお姉ちゃんちから帰る時偶然がら出会ったんよ。で、泊まるとこがないて言うから……。
ハルコ　（心配そうに）そう……。
ミチル　（笑って）なんでそんがら心配そうな顔するんよぉ！
ハルコ　んん。（明るく）ほんだらにミチルのことん好いてくれる人ならええんよ。ミチルが元気そうでお姉ちゃん安心がしただり。
ミチル　……うん。※40

5-6

（ステージング9）
そこはケーキ屋の軒先。
ハルコがケーキを買っている。

ハルコ　シュークリームとあと、いちごんケーキが二つんずついただけますか？

※40　ヒロインの妹に当たる人物は『カイロの紫のバラ』でも設定されているものの、たしか1シーンのみの登場だった。ハルコとミチルのこれまた純粋な姉妹愛は、言うまでもなくこの芝居の大きな軸となった。このシーンでのふたりの会話も、もし標準語だったらこうも真っ直ぐには書けなかったと思う。もっと捻ったやり取りにしてしまっただろう。梟島弁に感謝である。

ケーキ屋店員　はい。お待ちください。
ハルコ　すみません。

高助と笛本が来る。

高助　探すったってそう簡単に見つかるわけないよ。
笛本　小便したいんだよ俺。
高助　してくりゃいいじゃないそのへんの物陰で。
笛本　してくる。
ハルコ　（高助を発見し、明らかに寅蔵だと思い込んでいて）え！　何がしとるだりこんがらとこで！
高助　え？　（と小便に行こうとしていた笛本を見る）
笛本　（嬉しく）……みろ、捨てたもんじゃないよおまえも。（ハルコに）ロケです映画の。
ハルコ　（何がなんだかわからず）はい？
笛本　いい島ですね。（高助に）サインしてあげなさい。（ハルコに）今後ともよろしくね。

笛本、小走りで去って行った。

ハルコ　（笛本の背中を指して）誰よ!?

高助　マネージャー。しまった書くものないな。

ハルコ　マネージャーて。今ケーキ買っとったとこだりよ、食べんがら思うて。

高助　僕に？　それはどうも。次の映画もぜひ観てください。

ハルコ　そん服どうしたんだり？

高助　服？

ハルコ　そん服。

高助　新橋のアーケード街で。

ハルコ　なんが言うとんの？

高助　なんがって。

ハルコ　こんがら賑やかんとこ出歩いちゃいかんよ。

高助　（困惑しつつも）お気遣いありがとう。でも意外とわからないみたいでこういう格好してると。東京と違って囲まれてもみくちゃになることも今のところは。

ハルコ　なんがちんぷらかんぷらなこと言うとんだり。寅蔵さんヘンよ。

高助　いや、僕は寅蔵さんじゃ、（ハッとして）……！　（笛本が去った方に大声で）笛本さん！

返事はない。

ケーキ屋店員　お待たせしました。

ハルコ　ありがとさん。

ケーキ屋店員　十二銭になります。
ハルコ　はい。
高助　（ハルコに）ちょっといい!?
ハルコ　え？
高助　（ケーキ屋店員にお金を払って）釣りはいらない。（ハルコに）ちょっとだけ。
ケーキ屋店員　あの、
高助　え？
ケーキ屋店員　足りません。[※41]
高助　あ。（足りない分を出す）

高助、人々が行き交う中、ハルコを連れて小走りに——。

ハルコ　お金どうしたんよ、寅蔵さんなんがら悪いことしたん!?
高助　僕は寅蔵じゃないよ。高木高助。
ハルコ　え!?
高助　俳優、寅蔵の役をやってる。寅蔵がどこにいるか知ってるの？
ハルコ　あなた高木、（驚き、大声で）ありゃあ！
高助　（周囲を気にして）うん。
ハルコ　（大喜びで）あなたん映画がら全っ部観とるがっさ！
高助　大きい声出さないで。

※41　洋食店で水をもらえない客、映画館の観客の多く、警察官、ネギ蔵、娼婦たちの多く、などはダンサーに演じてもらっており、少ないながら台詞がある。初演時はこのケーキ屋もダンサーの北川結さんに演じてもらった。台詞は「はい。お待ちください」「お待たせしました」「十二銭になります」「あの」「足りません」の五つだけだが、とても良かった。とくに「足りません」が。

ハルコ　（かまわず大はしゃぎで）夢みたいだり、高木高助て！　『半次郎捕物帖』もなんべんも観たがっっさ、今やっとるんよ島ん映画館で！
高助　うん知ってる。寅蔵は今どこにいるのかな？
ハルコ　（聞かずに、かぶせて）『半袖の青春』も観たがっっさ、『豚の条件』も。『豚の条件』※42の飼育員、ピアニスト目指しとる、あればりんこいかったどり！
高助　ああ『豚の条件』。どうも。
ハルコ　んんこちらこそありがとさんよぉ！　ありゃあ！
高助　そんなに喜んでもらえて嬉しいよ。これからもよろしく。
ハルコ　はい、一生ん思い出だり。今日はありがとうございました！　（行こうと）
高助　（慌てて止め）ちょっと待って！　寅蔵は？　どこにいるの？
ハルコ　（明るく）なんで？
高助　うん、間坂寅蔵はほら、一応僕が演じた人物だからさ。
ハルコ　そうだりよね、まさかまさかの
高助　（一緒にやってあげて）間坂寅蔵、ハハハハハ。
ハルコ　（一緒に笑う。いよいよ大はしゃぎ。）
高助　そのキメ台詞も僕が考えたんだよ、脚本にはなかったんだけど。
ハルコ　ほんだらに!?　あんキメ台詞脚本にないん!?
高助　うんそう僕のアドリブ。
ハルコ　ありゃあ、すごいだり！

※42　『半袖の青春』はまだ内容の想像がつく。しかし『豚の条件』はなかなか難しい。おそらく「飼育員」は豚の飼育をしているのだろうが、ピアニストを目指しているとなると、とたんにややこしくなる。一体どんな物語なのか、皆目分からない。

高助　（嬉しいが、それどころではなく）どうもありがとう。君、名前は？
ハルコ　森口です。森口ハルコです。
高助　ハルコちゃん。
ハルコ　ハルコちゃん。（嬉しい溜息）ハア！
高助　……彼はどこ？
ハルコ　（明るく）なんで？
高助　何か悪いことしてない？
ハルコ　しとらんよ。ほんだらやさしくておもちょろい人よ。
高助　うん、そういう風に作ったからね僕が。
ハルコ　ほんだらええ人。
高助　うん。話がしたいんだよ奴と。
ハルコ　……寅蔵さんがこと怒っとるんじゃないん？
高助　うんそりゃまあ少しはね。でもちょっと話し合えばすぐ解決することだよ。
ハルコ　困ったわぁ。
高助　頼むよ……僕にはなんというか、責任があるからさ。
ハルコ　だけんがどこん隠れとるんかは秘密なんよ。あん人映画ん中には帰りたくない言うとるがら。
高助　（表情固くなり）帰りたくない……？
ハルコ　そうだり。海辺ん散歩して夜の空気がら吸って自由が楽しんどるんよ。
高助　海辺にいるの？

ハルコ　なんでわかっただり!?
高助　海辺のどこ。
ハルコ　……。
高助　頼むから教えて、ね、絶対手をあげたりしないから。
ハルコ　だけんが……
高助　僕を信じてハルコちゃん。お願いだから。

ハルコと高助の風景消え、ミチルの家のドアが開くと、中から嵐山が、続いて笑顔のミチルが現れる。

ミチル　行ってらっしゃい。
嵐山　(人気《ひとけ》を窺うようにしてから）お邪魔さん。
ミチル　撮影がら頑張ってください。
嵐山　うん。
ミチル　キミコがうるそうてごめんちゃい。
嵐山　うん、子供がいるとはね。そういうことは先に言っといてくれないと。
ミチル　ごめんちゃい。
嵐山　いいよもう。あ、これ。（とサイフから札を二枚取って差し出す）
ミチル　……なんがですか？
嵐山　タダってのも気が引けるからさ。
ミチル　なん？　宿泊費？

嵐山　いや……じゃあそっちだと思ってもらっても。
ミチル　いらんよぉ！　いりません！
嵐山　そう、じゃあ。（と、さっさと引っ込めて）しつこいようだけど、このことは絶対に誰にも
ミチル　言いません。お姉ちゃんにはええんよね。
嵐山　うんだからお姉ちゃんだけね。お姉ちゃんがいろんな人に言ったら意味はないよ、わかってるね。
ミチル　わかっとります。だいじょびだりお姉ちゃんは。
嵐山　絶対だね。
ミチル　絶対だり。
嵐山　うん。じゃあ。
ミチル　（行こうとした嵐山の背に）嵐山さん。
嵐山　なに。
ミチル　あん言葉、ほんだらに信じてしまってもええんだりね。
嵐山　あん言葉？
ミチル　……あたしんこと
嵐山　ああ愛してるって？　いいよいいよ。
ミチル　行ってまうだりよほんだらに、東京。
嵐山　ん、ああ、うん、おいで。来たら事務所を訪ねて。
ミチル　事務所。はい……！
嵐山　うん、じゃあ。

嵐山、去る。

ミチル　（去った方に手を振って）行ってらっしゃい！　行ってらっしゃい！
（そして一人言で）どんがらしよう……！

ミチル、スキップしながら「東京ラプソディ」の一節を歌う。

ミチル　♪楽し都　恋の都　夢の楽園《パラダイス》よ　花の東京

ミチル、家の中へ――
で、すぐにライターを持って駆け出してくる。

ミチル　嵐山さん！　ライター！　嵐山さん！

先ほどの、赤ん坊をおぶった近所の女が通りかかる。

ミチル　（見る）
近所の女　ライター？
ミチル　あ、ライター。ライターは火がらつきますよぉ。（笑う）
近所の女　（困惑しながら笑って去る）

ミチル　……。

ライターを大事そうに胸に抱くミチル。

ネギ蔵と小松さんと憮然とする電二郎。

そして高助を案内して歩くハルコ。

三つの風景が浮かび上がって――。※43

溶暗。

※43　ミチルは愛おしそうにライターを握りしめて天を仰ぐ。
電二郎は小松さんを蹴り倒し、それをネギ蔵がニヤニヤしながら眺めている。

そして高助の手を引いて足早にやって来たハルコ。

ハルコが高助の表情に潤んだ眼差しを送った瞬間、すべての風景はストップし、照明がキマッて、ゆっくりと溶暗していく。バックに流れる音楽は『Cheek To Cheek』の変奏である。

上演ではここで十五分だか二十分だかの休憩を挟む。

第二幕

6

6-1

（ステージング10）
ワカメ倉庫の中。波の音が聞こえている。
仄暗《ほの》い灯りの中、木箱の上に寅蔵が横になって眠っている。

ハルコの声　寅蔵さん……寅蔵さん……。
寅蔵　（目を覚まし、起き上がると、嬉しそうに）ハルコ殿……！
ハルコの声　入ってええ？
寅蔵　いいとも。
ハルコ　（姿を見せ）お邪魔さん……。
寅蔵　二人で外国旅行に行く夢を見た。あれはメリケンかエゲレスか……。
ハルコ　寅蔵さんあたしさっき偶然から高木高助さんに会うてね、今外で

※44　寅蔵と高助がついに対面する。

高助　（入って来て）高木だ。『月之輪半次郎捕物帖』で君の役をやった。※44

寅蔵　（帽子をかぶり）おぬしが？

高助　（非難がましく）なんで逃げ出したりすんだよ。

寅蔵　いきなりやって来て何を言い出す。

高助　ホホゥ。涼しい顔してこの野郎！（と摑みかかる）

ハルコ　やめてよ！

高助　よりによって大切な撮影日に面倒かけやがって！

寅蔵　それがしはもう映画には出たくない。ハルコ殿のことをお慕い申し上げておるのだ。

ハルコ　高木さん怒らないちゅう約束だりよ……。

高助　（かまわず）早く戻れ。迷惑なんだよ！

寅蔵　それがしが何事かしでかすと思っておるのか。

高助　何事かしでかすと思っておるし、もうすでに充分しでかしてんだよ出てきちゃった時点で！

寅蔵　それがしがおぬしを困らせたというのか？

高助　困らせてないっての!?

寅蔵　であるなら自業自得だ。おぬしがそれがしを作ったのだぞ……!?

高助　……まあ聞けよ。お互い大人だ道理をわきまえろ、な。俺は今ようやく俳優として進むべき道を見つけたところなんだよ。

寅蔵　ならば進めばよい。それがしはハルコ殿との道を進む。ハルコ殿の口も吸ったのだ。ハルコ殿と一緒にいたいのだ。

寅蔵を演じているのは妻夫木聡、高助を演じているのも妻夫木聡である。『カイロの紫のバラ』では、同じように二役を演じるジェフ・ダニエルズを、合成で同一画面に登場させていた。だが、演劇ではどうする？

方法が見つからぬまま台本を書き、稽古場でなんとかしようと考えた。ステージングの小野寺くんがある方法を提示してくれて、そのアイデアは大変面白かったものの、1シーンをもたせるのは厳しかった。

結局、実際の上演では、まず寅蔵を、リアルな妻夫木くんの顔のマスクを被った別の俳優（というか、ダンサーの片山敦郎くん）に演じてもらい、高助を妻夫木くん本人に演じてもらった。途中、芝居をしながら（隠しパネルを使って）二人が入れ替わり、シーン終わりでマスクを被った高助が去り、妻夫木くん演じる寅蔵が残る、という演出を施した。

マスクのアイデアが浮上したのは稽古も半ばを過ぎてからだったから、初日に間に合うか心配されたが、妻夫木くんはすぐその場で、知人の特殊造形作家の方に電話をかけて、あっという間に話がまとまった。さすが映画人である。

高助　（お手上げのポーズで溜息をつき、ハルコに）帰れって言ってくれるかな。あんたになんか惚れてないって言ってやってよ。

ハルコ　なんで……!?

高助　惚れるわけがないだろう。架空の人物なんだから。架空の人物とつきあってどうなる？

ハルコ　寅蔵さんがら最高が人がっさ。[※45]

高助　それは僕が最高が人に演じてやったからだよ。だけど最高だろうが完璧だろうが、いないんだから実際には。実在しないんだよこいつは。

ハルコ　だけんが

寅蔵　実在できるよう精進する。

高助　精進したって無理！　あんたの周りに精進して実在するようになった人いる!?　いないだろ!?

ハルコ　無理強いせんであげてください……![※46]

高助　……話にならないな。弁護士に電話してやるからな。俳優協会にも。おまえなんかに負けてたまるか。プロデューサーも監督もこっちの味方なんだバーカ。

高助、そう言い捨てるとそそくさと出て行った。

ハルコ　（高助がいなくなってから、不意に）寅蔵さんはバカじゃないだりよ。

寅蔵　いささか面喰らってしまった……。

※45　この辺りで舞台袖からゆっくりとスライドしてきた二枚のパネルが、寅蔵と高助を隠す。以下のやり取りは、パネルの裏で各々相手の衣装に早替えしながら台詞を発している。大忙しだった。再演では少し改善したいと思ってはいるが、このプリミティブな、軽演劇的な匂いが良かったような気もし、迷っている。

※46　で、この辺りで、完全に演じ手が入れ代わった状態で、再び高助と寅蔵の姿が見える。

ハルコ　ごめんちゃいね。どがんしてん会いたいて言うもんがら。
寅蔵　今あやつが助太刀を乞うと言っていた、なんだ、
ハルコ　弁護士？
寅蔵　とやらは強者なのか。
ハルコ　いろいろよ。強者の弁護士は悪行三昧の政治家んことが無罪放免にするがっさ。どっか別んとこ隠れんと。
寅蔵　いや、もう隠れるのはまっぴらだ。映画の中でも概ね隠れておった。これからは正々堂々と
ハルコ　（遮って）そんがらこと言わんでよ。まだ隠れとらんと。
寅蔵　ハルコ殿の頼みであるなら……
ハルコ　うん。あ、ケーキ買ってきただりよ。
寅蔵　ケーキ？
ハルコ　ゆんべダンスホールで食べ損ねたお菓子よ売り切れで。食べたかったがら言うとったでしょ？
寅蔵　（笑顔になって）おおあの菓子か。かたじけない。ハルコ殿は菩薩のようだな。
ハルコ　ええから。浜辺で食べましょ。お日様ん当たらんとね。

二人、ワカメ倉庫の外、浜辺へと消えて行く。

6-2

別のエリアに明かりが入ると、そこは怪し気なムードの小部屋で、水晶玉の乗ったテーブルを前にして座るミチルがいる。

ミチル　（どこかウキウキと）……。

気味の悪い笑顔をたたえ、占い師のような格好の男が来る。

ミチル　（微笑んで）こんちは……。
占い師　何日ぶりかな……。
ミチル　昨日も伺いました。
占い師　もちろん覚えているよ。つまり、一日ぶりだね。
ミチル　一日ぶりです。
占い師　何か、よいことがあったね。
ミチル　（驚いて）わかりますか!?
占い師　わかるさ。（それまで見てもいなかったが）水晶玉にそう出ているからね。
ミチル　出とりますか……!?
占い師　出てるね。ネズミ取りの男性にプロポーズでもされたね。
ミチル　いいえ、

占い師　（すぐさま）プロポーズはされてないね。
ミチル　わかりますか!?
占い師　出てるからね。
ミチル　実は、ウルマさんではなくて、別ん男ん人を
占い師　（水晶玉を見つめながら、遮り）黙って。……これは……別の男性が見えるね。
ミチル　見えますか!?
占い師　いい男だね。
ミチル　（嬉しく）そうなんです。（水晶玉を指し）そん人に東京にいらっしゃいて言われたんです。もちろんそん人んことが信じとらんわけではないだりが、本心でそんがらこと言うとんのか今一拍信じられんで
占い師　（キッパリと）本心だね。
ミチル　本心ですか!?
占い師　人に嘘をつけるような男ではないよね彼は。
ミチル　そうですよね。
占い師　東京の人だね彼は。
ミチル　東京ん人です！　（ハッとして）知っとりますか!?　知っとりますよね。ありゃあ。誰んにも言わんて約束がらしとるんがっさ。
占い師　（含みをもたせ）知らないね。
ミチル　……ありがとさん。
占い師　自信を持ちなさい。万事うまくいくと水晶玉に出ている。行きなさい

東京に。

ミチル　はい……

占い師　もし万が一周囲に反対されたとしても聞くことはないね。レイボリューションだ。

ミチル　聞きません。レイボリューションがっさ。

占い師　彼こそまさに運命の人だね。

ミチル　私もそんがら思うとるんです。だけんが嵐山進ていうたら知らん人がらおらんし、私んみたいな田舎ん子持ち女とバランス？　がとれるんがらが思うて。

占い師　もちろん障害は多いね。なにしろ相手は嵐山光だからね。

ミチル　進です。

占い師　ん？

ミチル　光じゃなくって、嵐山進。

占い師　（口に人さし指をあてて）シーッ。

ミチル　シーッ。

占い師　進にも事情はあるからね、時には邪険に振るまうこともある。しかしそれは本心ではないね。

ミチル　……はい。実は……こんライターがら

占い師　黙って。これは……ライターをプレゼントしようと思ってるね。

ミチル　いんえ。忘れていったんがっさウチん。

占い師　（水晶玉を見て）ああ、「忘れていった」かこれ。最近老眼でね。

ミチル　（ギョッとして）文字で出とるんだりか!?
占い師　（微笑んで）俗界の人間にはわからない。君の魂が沸騰していると出ている。
ミチル　魂が。しとりますか沸騰。
占い師　フッフッとね。四十銭頂きます。
ミチル　はい。

ミチルが財布から金を出す中、風景消えてゆく。

6-3

寅蔵とハルコが歩く街の風景が、軽快な音楽と共にスピーディに展開する。
●物乞いたちに作り物の金をやって上機嫌の寅蔵。
●妊婦を見てギョッとする寅蔵。[※47]
やがて教会の中に入ってくる二人。
鐘の音。

※47　大きな腹をした女にギョッとした寅蔵にハルコが何やら説明し、寅蔵はしきりに感心する。台詞は一切聞こえないが、後の娼館でのシーンで、この時寅蔵がハルコに何を聞き、どう思ったのかが窺われるのである。

寅蔵　ここは？　なんの倉庫であるか？
ハルコ　倉庫じゃないだり。教会よ。
寅蔵　教会……。
ハルコ　困った人たちがら神様に助けてもらいん来るとこだり。
寅蔵　神様とは？　殿様のようなものか。
ハルコ　んん、お殿様よりもっとずっとがら偉い人だり。この世を作った方がっさ。
寅蔵　ああ脚本家か。クレジット・タイトルに出ておる。根本とかいう女だ。
ハルコ　（「！」となって）根本さん、あたし会ぅたことがあるんよ。
寅蔵　ほう、まことか。
ハルコ　気ぜわしい方で、早く早くぅてライスカレー頼みんさってがらライスカレー食べんかったんよ、うじ虫ん話聞いて、あとぬる目んコーヒーね。
寅蔵　なんのことやら皆目わからぬが、さすが神様であるな。
ハルコ　違うがっさ。神様はもっともっと偉い方だり。
寅蔵　というとプロデューサーか。
ハルコ　もっともっとよ。
寅蔵　はあ、気が遠くなるな。そのように無駄に巨大な者なんぞとは関わらぬ方が身のためだな。
ハルコ　そんがらもんだりか……？

見れば、教会の入口には息荒く電二郎が立っていた。

電二郎 二人で仲良うが神さん参りだりか……。

ハルコ 電二郎さん……！

電二郎 やっとがら見つけたがっさ。足んが棒っきれのようだり……。

ハルコ （寅蔵に）寅蔵さん、あたしん旦那さん。（電二郎に）こちら間坂寅蔵さん。

寅蔵 お初にお目にかかる。それがし『月之輪半次郎捕物帖』より参った間坂寅蔵と申す。

電二郎 （寅蔵には目もくれず）ハルコおまえ、ゆんべは子守りん行った言うたよね、桂川んとこに。

ハルコ ごめんちゃい。嘘がこきました。思いもよらんことがら次んから次んと起こって

電二郎 （いきなりハルコに摑みかかり）亭主ん俺に嘘がこいたとが！

ハルコ （ほぼ同時に）やめて！

寅蔵 （ほぼ同時に）やめろ！（電二郎を引き離し）熊に触った手でハルコ殿に触れるのは許さん……！

電二郎 なんが……!?

寅蔵 （ハルコに）聞きしに勝る乱暴者だな。

電二郎 チョンマゲ野郎はひっこんどらんが！

ハルコ 電二郎さんやめてよ！

寅蔵　どうやら腑に落ちておらぬようなのではっきり申し上げる。それがしはハルコ殿をお慕い致しておる。

電二郎　俺ん服が着て何がら言うとんがっさ。

寅蔵　……。お返し致す。（上着を脱ぐ）※48

ハルコ　電二郎さん、話ん聞いて。

電二郎　（ハルコの腕を摑み）ええがら帰るがっさ。話は家《うち》で聞くがら。

寅蔵　（その手をはずして）やめんか！　（なおもハルコを捕まえようとする電二郎に）やめろと言っておるだろう！　嫌がっておられるのがわからんのか！

電二郎　うせろ！　やかましいわ！　痛い目がら遭いたいんか。

寅蔵　それがしは、これまでの間坂寅蔵ではない……！

電二郎　これまでんおまえを知らんがっさ。

寅蔵　それはまことに残念だ。数々の敵と戦をしては半次郎に助けてもらってきた。第一作は九尾のキツネと、第二作は半魚人と、第三作は

電二郎　どうでんええが！

　　電二郎、寅蔵をもの凄い力で殴る。

ハルコ　（悲痛に）やめてよ電二郎さん！

　　とっくみ合いになる寅蔵と電二郎。

※48　そうそう、ト書きに書き忘れていたが、このシーンで寅蔵は、4－2のダンスホールのシーン同様、ハルコが家から持って来たのであろう、電二郎のお古の上着を着ていたのだ。

さらに二発、電二郎の拳が寅蔵を射止める。

ハルコ ！（見てられず目をそむける）

電二郎 死ぬんがいやならおとなしくチンドン屋がやっとるがええが……！

と言ったとたん、寅蔵の反撃。

電二郎 ！

ハルコ ……。

さらに寅蔵の反撃。

電二郎、傍に置かれてあった寅蔵の刀を手にとって、引き抜く。

場が大きく緊張する。

寅蔵 !?

ハルコ 電二郎さん！

寅蔵 素手に刀は卑怯だぞ……！

電二郎 やかまっちいわ！（と斬りかかる）

が、刀は撮影用のもので、斬れない。

皆一同　!?

電二郎、さらに斬りつけるが、斬れないものは斬れない。
電二郎、刀を捨て、寅蔵に殴りかかるが、あっさりかわされ、殴られてうずくまる。

寅蔵　もうよいだろう、勝負はついた。（と手を差しのべて）手荒な真似をして相すまなかった。

電二郎、うめきながら寅蔵につかまって立ち上がるなり、急所に膝蹴りをくらわす。

寅蔵　（大きなうめき声をあげてから）卑怯だぞ……！

股間を押さえてうずくまった寅蔵を数発殴る電二郎。

ハルコ　（電二郎を制し、最早半分泣きながら）何てことがするんよ！　よしてよもう！
電二郎　（腕を摑み）ほら帰るぞ。
ハルコ　（その手を払い）嫌よ！　寅蔵さん介抱するがっさ！
電二郎　命令だり。

ハルコ　命令なんか聞くもんだりか！　撮影用ん刀がら無かったらあん人んことが殺すとこだったんよ!?　わかっとるん!?
電二郎　撮影用ん刀がことはわかっとっただり。まさかん本物では斬りつけんよね。
ハルコ　嘘がこかんで！
電二郎　カッとなったんだり！　しょうがなかろうがカッとなったんがら！
ハルコ　（ふりしぼるような絶叫で）暴力が振るえば誰でん言うことが聞くん思うたら、大間違いのニンジン坊主だり！
電二郎　（ハルコのあまりの様子に気圧されつつ）やりすぎたんは謝っとろうが。帰るぞ。
ハルコ　嫌！
電二郎　……もんいっぺんだけ言うがっさ。一緒ん帰るだりね。
ハルコ　電二郎さん。もういっぺん言うよ。嫌です。
電二郎　（無理矢理）来い！
ハルコ　（離れて、強く）嫌！
電二郎　……。酒がら飲みたくなっただり。よぉく頭冷やすがっさ。冷静んなれば悪いんはどっちかすぐんわかるはずだり。
ハルコ　……。
電二郎　また来るがっさ。

電二郎、去って行く。

ハルコ　（電二郎が去りきる前に）寅蔵さんだいじょび!?
寅蔵　（無理して笑顔を作り）だいじょびだいじょび。いのしし男には首の骨を折られた寅蔵だ。
ハルコ　ほんだらごめんちゃい……
寅蔵　だいじょびだり……しかしそなたの旦那は卑怯な手を使うな……。
ハルコ　（悲しそうに微笑み）スクリーンの外ん世界ちゅうんは汚いものなんよ……。だけんが寅蔵さん、勇敢だっただり。
寅蔵　ハルコ殿だって。熊より勇敢に立ち向かっておった……。
ハルコ　寅蔵さんがこと見習ったんよ……。

教会の鐘と共に風景、消えてゆく。

7

7-1

（ステージング11）
そこは4-3同様の旅館。

例の小部屋で電話をしている浴衣姿の小森林プロデューサー。傍に笛本。部屋の外にはシナリオを読む嵐山と、その隣に女流脚本家の根本。[※49]

小森林　（電話に）うん、今さっき高木高助から見つけたと電話が……偶然会ったそうだケーキ屋の前で……そう、寅蔵が連れ出した女性……殺されとらんよ。殺されとったらどうやって案内するんだよ。そう。寅蔵は戻るのを拒否してるらしい……いや犯罪じゃないから強制はできんよ……仕方ないだろう、六法全書作った奴らは映画から人が出てくるなんて思ってもみなかったんだから。うん。こっちの新聞は大丈夫だ。金はかかったがしばらくは書きたてんだろう。……え!?……（意気消沈して）そう……わかった。またかける。（力無く受話器を置く）

笛本　どうされました？

小森林　青森の映画館で、上映中に間坂寅蔵が台詞を忘れたそうだ。

笛本　ええっ！

小森林　三十分近く黙りこくって、まるで無声映画のようだったと……。笛本くん、君はマネージャーとして高木くんにどういう教育をしてきたのかね。

笛本　はあ、しかし、高木のせいなのでしょうかそれ。

小森林　心掛けだろう……！

笛本　心掛けでしょうか？

小森林　ちょっと……便所で十五分ほど泣いてくる。今夜の撮影はお願いしま

※49　直前の教会の場面でもハルコに語らせているし、お分かりかとは思うが、2-2でハルコとミチルが働く洋食店にやって来た女性と同一人物である。

すよ、心掛け。

笹本　はあ。到着早々御苦労様です。

小森林を見送る笹本。

嵐山　（読んでいたシナリオから目を離し）感心しないな……。

根本　あら残念。

嵐山　これでいくんですか今夜の撮影。

根本　一応決定稿。

嵐山　感心しないな……（と煙草をくわえて）僕の要望ひとつも反映されてませんよね。

根本　なかなか無理があるのよ。いきなり寅蔵が切腹するというのは。

嵐山　（ポケットの中の財布を出したりしてライターを探しながら）切腹じゃなくたって、なんでもいいから自害させればいいじゃないですか。

根本　根拠がないもの。（とライターを出して煙草に火をつけてやる）

嵐山　……僕は根本さんが殺されるのは無理があるって言うから考えに考えて提案したんですよ。プロでしょ？　なんとかしてくださいよ。

根本　プロだからできないのよ。ごめんなさいね。

嵐山　……誰が頼んでると思ってるんですか。

根本　あんたさ、自分を何様だと思ってるの？

嵐山　（いきなりの物言いに面喰らって）……はい？

根本　正直に言っちゃいなさいよ。高木くんに食われるのがこわいんでしょ？

嵐山　（ひきつり笑いで）バカ言っちゃいけない。俺はただ

根本　（遮って）月之輪半次郎は寅蔵が死んだりすることを望んでないの。もしあたしがそんな展開を書こうとしたら半次郎が許してくれない。

嵐山　何言ってるんですか。半次郎も寅蔵も書いてるのはあんたでしょう。筆一本で自由自在じゃないですか。

根本　あなたは高木くんが嫌いかもしれないけど、月之輪半次郎は間坂寅蔵に惚れ込んでるのよ。半次郎さんの為にもできない殺すなんて。

嵐山　……気持ち悪い……根本さん気持ち悪いですよ。

根本　（動じず）そう？

嵐山　（いきなり笛本を振り向いて）でホッとしましたかマネージャーとしては。

　これまで、二人の後ろでは笛本が盗み聴きしながら、うなずいたり「よくぞ言ってくれた」とリアクションしていたのだった。

笛本　（聞いてなかったフリをして）え？

嵐山　ずっと聞いてたでしょ？

笛本　何をですか？

嵐山　いるのはわかってたんですよ照り返しで。

笛本　照り返し……!?[※50]

※50　笛本を演じた佐藤誓さんの頭部のことである。誓さんにはこの台詞を言いながら光が反射した（らしい）方向に視線を送ってもらった。

嵐山　（根本に）まあいいや。このシリーズも潮時でしょう。僕が降りりゃ打ち止めです。今回で最後にしますよ。お世話になりました。（通りかかった番頭に）あ、ゆうべ、見つかんなかったよ。

番頭　は？

嵐山　娼館。

番頭　さいでございますか。私の説明が悪うございましたかね。

嵐山　しょうがないからそこらへんの女で間に合わせたよ……。

番頭　あいすみません。

嵐山　いいんだよ、（あてつけっぽく、根本をチラと見て）しかし素人の女ってのは面倒くさいね。すぐにその気になって。

嵐山、自分の部屋へ去って行く。

根本　（鼻で笑って、笛本に）その気になったと思われちゃたまんないわよね、んな、一度や二度褥《しとね》を共にしたぐらいで。※51

笛本　（そう言われても）はあ……。

根本　（番頭に、強く）ね。

番頭　（よくわからないクセに激しく同意して）さようでございますね。

笛本　失礼します。

笛本、一礼すると自分の部屋へ戻ろうと、歩き出す。

※51　と言いつつも、その口調からは、ほんの一時かもしれないが、彼女が本気で嵐山に惚れていたであろうことが窺われる。もしかしたらついさっきまで。

根本　お疲れさまです。

笛本　（不意に立ち止まり）あの、先生。

根本　はい？

笛本　（改めて深々と頭を下げ）ありがとうございました……。

根本　やめてくださいよ。そんなんじゃないの。

笛本　いえ。ありがとうございます。

根本　勘違いなさらないでね。台詞は変えないでほしいんです。勝手に足したり引いたりしないでちょうだい。※52

笛本　はい。申し訳ありません。よく言っときます。失礼致します。

笛本、去る。
ミチルがおそるおそるといった様子で出入口から入って来ていた。

番頭　（ミチルを発見して）あ。宿泊のお客様以外は困るって言ってるじゃないですか……！

ミチル　ライター渡すだけなんで。ダンヒル。

番頭　だからお渡ししておきますよ手前がお預かりして。

ミチル　いんえ、直接渡したいんです。ほらライターも言っとります。（ライターの声色で）「直接渡してほしいだりぃ」。

番頭　ライターはしゃべりません。一般の方は通さないようにときつく言い渡

※52　まったくもってその通りである。

されておるんですよ。

ミチル　嵐山さんにミチルがら来たて伝えてみてください。

番頭　お伝えしましたよ。

ミチル　そんがら？

番頭　通すなと。

ミチル　（動じず）本心じゃないだり。嵐山さん東京んまでいらっしゃいて言うてくれたんがっさ。

番頭　知りませんよ私は。行ってくださいよ東京でも名古屋でも勝手に。

ミチル　行くだりよ。名古屋は行かんがっさ。どこですかお部屋は。（と廊下の奥を探すような）

番頭　（行く手をふさいで）通すなと言われてるんで。

ミチル　本心じゃないだりよ。

番頭　なんなんですかその自信は……！

根本　通してあげて。

番頭　はい？

根本　（嵐山が忘れて行った財布を）[※53]あの人財布も置いて行ったからこれも持ってってあげて。

番頭　ですが、

根本　平気よ。何か言われたら根本が通すように言ったって言って。

番頭　はあ。

ミチル　（根本を訝《いぶか》しげに見て）……どちらさん？

※53　ライターを探してポケットを探った時に出して置き忘れて行ったのだ。

根本　だから根本。あ、ちょっと待って。（財布から三枚ほど札を抜きとって）はい。

ミチル　ありがとさん。（と受け取りはするが、さすがに）いけませんよ人ん財布から……。

根本　いいの。

ミチル　ええんですか。

根本　いいの。早く行きなさい。その廊下の奥の階段を……（と説明しかけるが、番頭に）案内してあげなさいよ。

番頭　はい。こちらです。

ミチル　ありがとさん。

番頭とミチル、嵐山の部屋へと去る中、転換。

（ステージング12）

7-2

ハルコが歩いて来る。

と、彼女の家の前にいるのは高助。[※54]

ハルコ　高木さん……！

※54　少し書きが乱暴かもしれない。教会のシーンから直結した時間である。ハルコは先程ああ言ったものの、夫が心配になって帰宅したのだろう。ハルコの心はまだまだ揺れているのである。揺れる心にさらなる揺さぶりをかけるのがこのシーンだ。

上演では、まずひとり佇む高助を見せ、階段の上をハルコがやって来ると、待っていたクセに、彼はほんの少しだけ高揚したような、戸惑うような仕草を見せる。自覚がどれだけあるかは別にしても、高助はすでにハルコに恋しているのだ。

高助　さっきはすまなかった。案内してくれたのに……。
ハルコ　びっくらしただり。ええだりよ。高木さんも大変なんはわかるもの。
高助　ありがとう……。さっき入ってったの、君の御主人かな。
ハルコ　プンスカしとった？
高助　そうね、だいぶ。お酒飲みながら。
ハルコ　うちん人だり。
高助　そう、あの人が……。
ハルコ　なん？
高助　いや、別に。もう少しだけ話せないかな。
ハルコ　だけんが高木さん今日撮影だりよね。
高助　ナイトだからまだ少し時間があるんだよ。宿に帰ってもイライラするだけだし。
ハルコ　イライラ？　なんで？
高助　……君だから言っちゃうけど、スタァさんがどうやら僕のことをお気に召さないらしくてね……。
ハルコ　スタァさんて、高木さんだってスタァさんじゃないの。
高助　（苦笑して自嘲）僕は違うよ。
ハルコ　違わんよぉ！
高助　シッ。旦那に聞こえるよ。
ハルコ　（二人して家から離れた場所へと移動し、もう一度）違わんよぉ！
高助　僕なんかまだまだだよ。そりゃ頑張ってはいるけど……嵐山とはギャランティーひとつとってもケタが違う……ほんのひと握りなんだよスタァなんて……。

ハルコ　ギャランチィのケタが違うて、いくらといくらなん？

高助　それはちょっと。ダイナミックだね君は。

ハルコ　ありがとさん。もしんもあたしがらプロデューサーだったらが嵐山さんにはギャランチィ十五銭、高木さんには十五円よ。

高助　（苦笑して）もうちょっともらえると嬉しいな。十五円だとナショナルのドライヤー買って終わりだ。

ハルコ　そんがら嵐山さんに十五円、高木さんにはもう、欲しいだけあげるがっさ。

高助　……そう言ってもらうだけでありがたいよ。

ハルコ　なんが言うとんが。ありがたいんはこっちよ。高木さんが演技見るとね、ハーポを見とるんような気持ちになるんよ。

高助　ハーポ？　ハーポってマルクス兄弟の？

ハルコ　そうだり、見た目んことと違うだりよ。間合いだの、ちょっとした瞬間の表情……ごめんちゃいね、あたしん個人的な感想だり。

高助　いやいや嬉しいよ。そんなこと言ってくれた人、今まで誰一人いなかった。

ハルコ　あんりゃ、不思議だりね。あとんは、ハリー・ラングドンにもちぃと似たところがあるんよ。

高助　（驚いて、嬉しく）意識してるんだよ。君良く知ってるねあんな地味なコメディアン。

ハルコ　知っとるよ。ほら、『豚の条件』で眠いの我慢しとるシーン、あれラングドンがらそっくりよ。※55

高助　（かぶせて）そうなんだよ！　あれはまさにラングドンをやろうとして……すごいな君。

ハルコ　ちぃと残念だったんが、そんあとの雨ん中ザリガニが届ける場面だりよ。

高助　え、て言うと？

高助、ハルコの手を引いて、近くにあったバス停のベンチに二人で座る。

ハルコ　ザリガニがら弁護士さんのズボンの中入るでしょう。

高助　うん。

ハルコ　高木さんがザリガニがおらんことん気づくんと、弁護士さんが悲鳴あげるんとちぃと間尺が。

高助　わかる。あのタイミングね。

ハルコ　（悔しそうに）ちぃとだけ早いんだり高木さんが。

高助　僕もあとで見てそう思ったんだよ。

ハルコ　ほんがら惜しいんよぉ。

高助　わかるよ。（ひどく高揚して）一緒に昼飯食おう。おごるよ。

※55　高助は「地味なコメディアン」と言っているが、現在ハリー・ラングドンはサイレント映画史において、チャップリン、キートン、ロイドに次ぐ第四の喜劇王とされている。が、高助とハルコが会話をする今は一九三六年。映画が声を持たなかった時代はすでに遠くなりつつあった。四人の喜劇王たちは、トーキーの主演映画が作られ続けてはいるが、チャップリンを例外として、いわば落ち目になっている。全盛期のラングドンの十八番芸のひとつには「眠っちゃいけない局面で猛烈な眠気と格闘する」というセンシティヴな芸があった。コメディ・マニアのハルコはそれを指しているのだ。

ハルコ　だけんが家《うち》ん戻らんと。

高助　そう言わないでつきあってよ。ハルコちゃんとはすごい話し易いよ。

ハルコ　あたしもだり。

高助　ほんとに？　お世辞言ってない？

ハルコ　言っとらんがっさ。

高助　よかった。いろいろ教えてよ、これからどこをどうすればいいか。ものすごく勉強になるよ。

ハルコ　そんがらもんだりか……？

高助　オッケーだよね。

ハルコ　ええけど。

高助　よし……！

少し前から音楽（「私の青空」）が聞こえている。レコードらしい。

高助　なんだろうこの音楽……。

ハルコ　こん先ん楽器屋さんがらあるんだり。あたしん子供ん時分からある楽器屋さんよ。

高助　へえ……楽器が弾けるといいだろうな……マルクス兄弟みたいに……。

ハルコ　そうね……。

高助　僕はエノケンやロッパみたいなミュージカル・コメディで主役張るのが夢なんだよ……。

ハルコ　それ最高だりよ！　高木さんのミュージカル・コメディ！
高助　本当にそう思う？
ハルコ　思うだりよ！　百ぺん観るがっさ！
高助　うん……頑張らなきゃな……。
ハルコ　観たい観たい……！
高助　……。
ハルコ　こん曲、懐かしいだり……お父ちゃんが蒸発がする前に、ウクレレで弾いてくれたんよ。
高助　へえ。ウクレレで。
ハルコ　ウクレレ……

不意に訪れるちょっとした沈黙。「私の青空」だけが聞こえている。

高助　……ハルコちゃんてよく見るときれいなんだね。
ハルコ　なんがね突然。
高助　きれいだよ。
ハルコ　（真顔になって）人んことがからかうと怒るだりよ……。
高助　からかってないよ。（立ち上がって）ちょっと行ってみようよ楽器屋さん。
ハルコ　ええだりよ。

高助とハルコ、去る。※56

7-3

（ステージング13）

映画館の中。

スクリーンの中には、横になった半次郎と、相変わらず花札をやっている茶人、女祈禱師。（実演）

客席にはじっとスクリーンを見つめている売り子。

映写音のみが響く。

しばし、何も起こらない。

身体じゅうに包帯を巻いたり絆創膏を貼ったりした小松さんが来る。

小松さん　あ、おった。なんがらしとるだりか。
売り子　（スクリーンを見たまま）観とるんです映画がら。
小松さん　え。
売り子　お客さんが来たら呼んでください。
小松さん　……なんがらも起こらんの観とってもしょうがなかろうが。
売り子　いいえ、何がら起こらんことはないんがっさ。何がらも起こっとらんようで、なんがしかは起こっとるんです。

※56　去り際に、高助はふざけて物陰にヒョイと隠れる。先に歩いていたハルコが振り返って「あれ!?　いない」と思う。高助がヒョイと現れ、ふたりは笑いながら去る。
これ、稽古場で妻夫木くんがアドリブでやったことに、緒川さんが気持ちよく反応して採用された。豊かで楽しい稽古場だった。

小松さん　なんがしかてなんがね？
売り子　花札がら勝ったり負けたり、足んが痒うなったら掻いたり、便所がら行って、やがてん戻ってきたり……つまりんは、そいが人間の営みってもんだり。
小松さん　営みて……
売り子　ほいが、支配人、耳んがらそば立ててごらんなさい。
小松さん　（売り子の理解し難い言動が薄気味悪く）……。
売り子　聞こえんだりか？
小松さん　なんがよ……。
売り子　半次郎がお経が読んどるがっさ。もうずっとよ。
小松さん　え……。

たしかに、向こうを向いて寝転がり、何もしてないように見える半次郎は、囁くような声で読経していた。

売り子　ね。
小松さん　たしかに……。
売り子　こん映画、傑作だり……。
小松さん　……だいじょびだりか君。
売り子　元ん映画よりずっとええがっさ。
小松さん　君、帰ってしばらくが休みんね。

売り子　バカっちょ抜かさんでください。こんがら名作もう二度と観返せんのがら。（で立つ）

小松さん　と言って立ち上がるんはなんでよ。

売り子　便所です。映画ん中も人間、私も人間ですがらに。

売り子、去る。

小松さん　（見送るでもなく見送って、彼女がいなくなったからというわけでもなく、スクリーンに向かってボソリと）寅蔵の居場所、目星ついたそうだり。

茶人と女祈禱師、ゆっくりと小松さんを見る。

半次郎　（読経をやめ）今何て言った。

小松さん　こん島にいるだりよ……。

半次郎　そりゃ本当かい！

小松さん　喜ばん方がええがっさ……。

半次郎　え……。

小松さん　あん人、スクリーン中帰るつもりはないそうだり……。

茶人と女祈禱師、花札を再開する。

半次郎　一体どうしちまったんだ……
小松さん　……。すまんねぇ、なんか……
半次郎　あの女のせいだ……。
小松さん　え？
半次郎　あの女が客人席から寅蔵さんのことをたぶらかしたりしなけりゃあ
小松さん　（強く）そいは違うだり！
半次郎　なにが違う。違うものかい。
小松さん　違うがっさ！　ハルコちゃんはなんがらひとつ悪くないだり……！
半次郎　なんだ……あんたの知り合いかい、あの女。
小松さん　（半泣きで）誰んも悪くない。誰んも悪くないんがっさ……！
半次郎　……。
小松さん　こいがら、いわば、皮肉な偶然のいたずらだり。
半次郎　……ホレてんのかい。
小松さん　ホレてなんかないが！
半次郎　……わかるよ。
小松さん　わかってたまるかね！　ミイラや半魚人と日夜楽しく戦っとるあんたらに、小っちゃい島ん小っちゃい映画館の、一介の雇われ支配人んがら気持ちが！
半次郎　……。
小松さん　言い過ぎたがっさ。ごめんちゃい。

半次郎　いいんだよ……。

小松さん　こんがらこと言うんも気恥ずかしいだりが……なんがあんた達んことは身内のように感じるんよ……。

半次郎　嬉しいね……泣かせること言ってくれるじゃねえか……。

小松さん　だけんが、だけんが誰んが一人んぐらいは心配してくれたってええがらが、「そのケガどうしたんですか」て！　（と急にまた激昂した）

半次郎がそっぽを向くのと同時に、少し前から花札の手を止めて小松さんを見ていた茶人と女祈禱師が、再び花札を始める。

小松さん　……。

溶暗。[※57]

7-4

教会の鐘の音と共に、暗闇の中、娼婦おさじの懺悔の声。

おさじ　神様、また罪を犯してしまいました。これからは弟の豆腐屋を手伝うて、真面目に生きていくと、あれ程お約束致しましたのに……。豆腐一丁、

※57　7-3は、無くてもストーリー上はさして影響のないシーンだけれど、個人的には大好きな場面だ。いや、群像劇としての側面を考えれば、「小松さん」「売り子」「半次郎」の心情を描く、これはこれで大切なシーンなのだ。そしてそのことは別に、そろそろこうした不条理なエッセンスが欲しくなる頃合いでもある。

五銭のお代をお客様から頂戴し、二円ばかりの日銭を数えてこの十日、すっかり嫌気がさしてしまいました。私の草臥《くたび》れたこの身体でも、高く買うて下さる殿方がおりますものを、豆腐商いで堪えることは到底出来やしません。わたくしは老いさらばえるまでこうして生きて行く覚悟です。神様、どうぞお守りくださいまし。

明かりがつくと、そこは6－3同様の教会。
うたた寝をしている寅蔵（侍姿）。
懺悔室から出てきたとおぼしきおさじが声を掛ける。

おさじ　お兄さん。ちょんまげのお兄さん。
寅蔵　（目を覚まして）あ、お早うございます。（笑顔で）すっかり眠ってしまった。
おさじ　お兄さん一人？
寅蔵　見ての通り今は一人だが、後《のち》にハルコ殿と会う約束を交わしております。
おさじ　ああそう、いいわね、そのヘンチクリンな格好はどうしたの？　お兄さんチンドン屋さん？
寅蔵　これか。これは第一作からの一丁羅だ。いのしし男に破られても半魚人に海へ引きずり込まれても、なぜだかしっかり新調されておる。
おさじ　（まったくわからないが）……へえそうなんだ……。
寅蔵　そなた、名前は？

おさじ　おさじ。
寅蔵　おさじさんか、いい名前だ。[※58]おさじさんは何をしてる。
おさじ　仕事？　見てわかんない？　商売女よ。
寅蔵　商人《あきんど》か。何を商っておる。
おさじ　何って、お望みならなんでも。ここ（心）以外はね。お兄さん面白い人だわね。
寅蔵　そなたもひょうきんな女だ。
おさじ　よかったらあたし達の職場においでなさいよ。まだ時間あるんでしょ？
寅蔵　よいのかお邪魔して。
おさじ　いいに決まってるじゃない。大歓迎よ。
寅蔵　大歓迎か。物は試しだ。ぜひとも。
おさじ　積極的ねお兄さん。
寅蔵　そのような性分に書かれておるからな。何《なん》にでも首を突っ込んでは恐ろしい目に遭ってきた。
おさじ　あらごちそう様。懺悔に来て良かったわ。神様ありがとうございます。
寅蔵　知り合いか。
おさじ　お得意様よ。

（ステージング14）

瞬く間に、そこは娼館になった。

※58　私もそう思う。好きな名前だ。

五人の娼婦（まるよ、しじみ、おつう、うめよ、たけこ）[※59]がいる。
おさじが寅蔵を連れてやって来る。

おさじ　（娼婦たちに）お客さん。
寅蔵　お邪魔致す。
おさじ　ちょっと変わった人だけど。
娼婦たち　いらっしゃい。
しじみ　チンドン屋さん？
おさじ　じゃなかったらなによ。
まるよ　この人あの人に似てる、この間観た映画に出てた、
寅蔵　いかにも。観てくださったのか、かたじけない。
まるよ　銭湯でタダ券もらったから。なに、あの人のファンなの？
寅蔵　ファンとは？
まるよ　（皆に）そっくりなのよ。
寅蔵　それがしは間坂寅蔵本人だ。
まるよ　なりきっちゃってるわ。
おさじ　まあいいからお座りなさいな。
寅蔵　かたじけない。（と座り、おさじに）美しいお女中ばかりであるな……。
おさじ　でしょ。（紹介して）まるよ、しじみ、おつう、うめよ、たけこ。
寅蔵　おつうさんか。米問屋の娘と同じ名前だ。半魚人の餌食になってしまったがな……。

※59　たけこのみ、男性（三上市朗くん）が演じている。あ、その前におさじも男優（佐藤誓）だが。

おつう　（面喰らって誰かと顔を見合わせ）……。
まるよ　（冗談めかして、おつうのことを寅蔵に）こん人も狸親父ん餌食になってしまったんよ。
寅蔵　狸親父。まだこちらの映画には登場しておらんな。
おつう　餌食になってしもうたがらここで働いてるんだり。
寅蔵　それは気の毒に。しかし命があって何よりだ。
しじみ　娘んいいがら今度父の方がら連れてがきてちょうだいよ。米問屋さん？
寅蔵　あいにく二作目にしか出ておらんのだ。
まるよ　（おさじに）なんなのこの人。
おさじ　教会でサボって寝てたのよ。（寅蔵に）さ、どの娘《コ》にする？
寅蔵　なに？
おさじ　どの娘がいいの。
寅蔵　どの娘《むすめ》さんも素晴らしいよ。
たけこ　（自嘲気味に笑って）お上手ね。

二階から別の娼婦おしまが常連らしき客と一緒に降りて来る。

おしま　ありがとうございました。お客様お帰りです。
おさじ　毎度。
客　あ、ここでええよ。

おしま　そう？　じゃまたね。
娼婦たち　（口々に）ありがとうございました。
寅蔵　（客に）御苦労であった。
客　え？
おさじ　いいのいいの、ありがとうございました。
客　（寅蔵を気にしながら去る）
おしま　（寅蔵のことを）この人……
寅蔵　間坂寅蔵と申す。
おしま　ロケね。ロケでしょ？
まるよ　何よロケって。
おしま　来てるのよ。この島に。（寅蔵に）ゆうべ来る時あの人見かけたわ。
嵐山進。月之輪半次郎。
娼婦たち　えー！
寅蔵　半次郎を？　半次郎の奴も出てきたのか。
おしま　なんか女の人ひっかけてたわ。
寅蔵　女……お局さんかな……。
まるよ　なんがね、お客さん俳優さんだりか!?　早くん言いんね！
寅蔵　（あまり聞いておらず）そうか、半次郎の奴も……。
おさじ　およしなさい。プラインベイトってやつよ。
しじみ　だけんがなんでプラインベイトで衣裳着とんだりよ。
おさじ　（まるよに）キャンペーンてやつよ。

娼婦たち　（よくわからずゴショゴショ言い合う）
おしま　どうですか？　この島は？
寅蔵　素晴らしいね。
たけこ　（意外で）あらそう。
寅蔵　潮の香り、食べ物の味、音楽の調べ……あちらの世界にはないものばかりだ……。
たけこ　（小声で）東京て今そんなに大変なの？
おさじ　ユウモアってやつよ。
たけこ　何、皮肉？
寅蔵　なにより見事なのは――それがしも今日学んだのだが、命というものの神秘性だ。子供は母親の、なんと腹の中に蓄えられ、やがてこの世に産まれ落ちる。それがし共の世界に子供はそもそもあまりおらぬし、おったとしてもいつの間にかおるのだ。
たけこ　（急にカチンときたのか）いつの間にかおるって、そういう男の無責任さが世のどれだけの女を
おさじ　たけこ！　お黙りなさい！
寅蔵　（かまわず）そなたたちはみな、子供はおるのか。
まるよ　ええ、あたしは二人。
寅蔵　そうか。それは素晴らしいな。
まるよ　離婚したのよ。半年前に。
寅蔵　（よくわかっておらず）そう。もっと産むとよい。

まるよ　そうね……。
おさじ　あたしは五人いるけど、お兄さんの言う通り、子供を産むっていうのは素晴らしい経験よ。今はどの子もみんな、ヤクザとヤク中だとしてもね。
寅蔵　うん。（おしまに）そなたは？
おしま　あたし流産したの。
寅蔵　流産。それは良いことか？
たけこ　!?

寅蔵に向かって行こうとするたけこを、おさじと数名が制する。

おしま　よいこと？　そうね。よかったんだと思うようにしてるわ。
寅蔵　（明るく）なんだ流産というのは。
たけこ　赤ちゃんが死んじゃったのよ！
寅蔵　（みるみる表情変わって）それは気の毒に……。

娼婦たち、少ししんみりする。

おしま　……。
寅蔵　（ひどく同情して）さぞつらかろう……。
おしま　どうしても思い出しちゃって、その度に泣けてきちゃうの……。
寅蔵　無理もない……ハルコ殿も申しておった。こちらの世界は悲しいことばかりだと。

おしま 考え方ひとつよ。

寅蔵 うん。考え方だな。（穏やかに）さあ元気を出そう。そんなに美しいのだ、みな結婚できるとも。

娼婦たち （それなりに温かい気持ちになったのか）……。

寅蔵 ところでこれは一体なんの寄り合いかな？

まるよ （笑って）あんたってほんだらおもっちょろいがっさ。

おしま おさじ姉さん、あたしこの人とならタダでもいいわ。

まるよ あたしもだり。

娼婦たち、口々に「あたしも」「あたしもよ」「あたしもだり」と言う。

おしま （手を引き）お部屋行きましょ。忘れられない経験させてあげる。

寅蔵 それは有難い。こちらでは何でも試みてみることにしているのだ。

おさじ 全員を相手にしたお客さんなんてお兄さんが初めてよ。

寅蔵 うん。で、相手というのは？　何の相手かな？

娼婦たち、冗談ととらえたのか、一斉に笑う。

まるよ 娼婦の店に来て剣術の相手するもんはおらぬでござろう？

寅蔵　娼婦の店？　娼婦とは？
しじみ　遊女でござるよ。ここは女郎屋でござるよ。
寅蔵　そのようなものは『半次郎捕物帖』には、
たけこ　そりゃ出てこないわよ。家族向けの映画にそんなもの。
寅蔵　待て待て待て。（と連れて行こうとする娼婦たちを振り切るようにして）
しじみ　なん？
寅蔵　（困惑と不安の笑みを浮かべ）……どうもよくわからぬ……
たけこ　なにが。あんたと一緒にみんなでお布団入って、愛し合って、お金もらうのよ。（皆が「タダよ！」と横槍を入れるので寅蔵に）あんたはタダだけど。
寅蔵　（相変わらず困惑の笑みを浮かべ）……なるほど。

娼婦たち、「そういうこと」とか「行きましょ」とか言う。

寅蔵　……すまぬがいくら聞いてもどうも飲み込めん。
おしま　あたし達にまかせときなさいよ。あっちの方はちゃんと元気なんでしょ？
寅蔵　あっちとは？
しじみ　（からかうように）もしがらして男色家だりか？
寅蔵　いや、それがしにはお慕いしている方がおるのだ。こちらでいう、愛というやつだ。

まるよ　愛んことが言っとるんじゃないがっさ。ここでんセックスするだけだり。

寅蔵　しかしそれがしはハルコ殿を、愛しておる。

おしま　じゃ結婚はハルコさんとすればいいわ、ここのはただのお遊びよ。

寅蔵　……相すまぬがそれがしはそのようなことはできぬ。珍妙な趣向ではあるがそなた達の心のこもった御好意に報えぬのはまことに遺憾で——。それがしはハルコ殿をお慕い申し上げておる。身も心もハルコ殿に捧げておるのだ……ハルコ殿の吐き出す息ひとつにさえそれがしの心《しん》の臓は高鳴り、心は舞い踊るのだ……。

短い間。皆、寅蔵の一途な愛に心を動かされて——。

おさじ　（しみじみと）……いい話じゃない。

娼婦たち　（口々に同意）

たけこ　お兄さんみたいな人どこかにいないかしら……！

8

8-1

（ステージング15）

そこは例の旅館のロビー的な場所。

高助を待っているのだろう、ウクレレを手にしたハルコがやや所在無げに座っている。行き交う浴衣姿の人々。

続いて番頭が来る。

番頭　（ハルコの存在に気づいて、会釈）

ハルコ　（緊張して）こんにちは……。

番頭　こんにちは。えーと……

ハルコ　（言い訳の必要性を感じたのか）あの、高木さんがら待っとるんです。今お部屋に映画んシナリオを。

番頭　はあ……。

ハルコ　ちがうんがっさ。シナリオが見ながら作戦会議をて、そんがあたしみたいん素人がらってねぇ、言うたんですがらが。お部屋でて言われたんだりがそんがらいけません会うたばかりでちゅうて、ちがうんがっさ、そんがらあれではないんです。

番頭　はあ、なんでもええです。島ん人だりね。

ハルコ　はい、森口ハルコです。

番頭　牛尾富作です。

ハルコ　ええ旅館だりね。ここん旅館がらあるんは知っとったんだりが、泊まったことはないんです。
番頭　それはそうでしょうね、島ん人なんがら。
ハルコ　ええ。だけんが子供ん時がら妹と、いっぺんでええがら一緒んお泊まりしたいねぇちゅうて。
番頭　そいはどうもありがとさん。
ハルコ　ほいでお母ちゃんにお泊まりしたいてねだったらひっぱたかれたんがっさ。
番頭　そいはどうもごめんちゃい。
ハルコ　いんえ、お母ちゃん虫ん居どころが悪かっただり。
番頭　ああ、虫はね……。

嵐山が憮然とした面持ちで部屋の方からやって来る。

番頭　あ、お疲れ様です。
嵐山　なんで通したの！　（ミチルのことだ）
番頭　え。
嵐山　えじゃねぇよ。絶対通さないように言ったじゃないかよ、台詞覚えなきゃいけないのに！
番頭　あいすみません。桃色の服をお召しの方が通せと。
嵐山　根本ね。

番頭　さいです根本様が。どうも最近固有名詞が……。

嵐山　部屋に居座って何言っても帰りゃしねぇよ！　なんだあのイモ女！　一回やってやったからっていい気になりやがって。頭おかしいよあの女。

番頭　ですよね。

ハルコ　……。

嵐山　（ハルコの視線に気づく）

ハルコ　こんにちは……。

嵐山　（不機嫌なまま）はい。

ハルコ　（あまり好意的ではなく）嵐山さんですよね……いつもがら観とります……。

嵐山　サインなら今は勘弁して。

ハルコ　サインはいりません。

嵐山　……。

番頭　高木さんをお待ちだそうで。

嵐山　……へぇ。（と品定めするようにハルコを見る）

番頭　ハハハ。

嵐山　ハハハじゃなくて追い出せよ！　（ミチルのことだ）

番頭　はあ。

番頭、嵐山の部屋の方へ去る。

嵐山　（イライラと）ったく……。（ハルコに）今こっちでやってるんでしょ？　半次郎、四作目。
ハルコ　（以下、嵐山を見ずに）やっとりますね……。
嵐山　観てくれたの？
ハルコ　観ましたね……。
嵐山　面白かったでしょ？
ハルコ　はい……。
嵐山　客入ってた？
ハルコ　はあ、（と見て）あん、知らんがですか？
嵐山　なにが。
ハルコ　何《なん》が起こったか。
嵐山　え？
ハルコ　いえ。
嵐山　何が起こったの。
ハルコ　何も起こっとりません。
嵐山　（鼻で笑うような。で、）……五作目も観てね。もっと深遠で面白くなるから。
ハルコ　はい。もちろん。
嵐山　高木さんの出番は少なくなると思うけど。言っちゃ悪いけどその方が映画の為だからね。
ハルコ　（カチンときたのか、嵐山を睨み）……。

嵐山　あ、睨まれちゃった。
ハルコ　睨んどりません……。
嵐山　（鼻で笑うような）
ハルコ　（鼻で笑い返すような）
嵐山　!?

高助が台本を手にやってくる。

高助　ごめんごめん。（嵐山に気づき）あれ。
嵐山　（ハルコに）よかったね。
高助　（冗談なのか）なんかされた？
嵐山　してませんよ！　するわけないでしょう！
高助　（笑いながら）冗談だよ。なんでも真に受けて。
嵐山　……。余裕ですね。
高助　なにが。何騒いでたの。
嵐山　騒いでませんよ。
高助　いや、部屋で。さっき前通ったら。
嵐山　ああ……。なにやってんだあの番頭。

嵐山、自分の部屋の方へ戻って行く。

高助　（その背に）え？　（一人で）なんだよ……。（ハルコに）ごめん。
ハルコ　（嵐山のことを）いやな人だりね、嵐山さんて。
高助　（ハルコがそう思ってくれたことが嬉しく）だろ⁉　そうなんだよ。
ハルコ　（つくづく）いやぁな人がっさ、映画ん中では猫かぶって。
高助　そうなんだよ！　俄然気が合うなハルコちゃんとは！　もう一回弾いてよ。（ウクレレのこと）
ハルコ　ここで？
高助　弾いてよ。（嵐山の残した空気を払うように）空気変えないと。

ハルコ、ウクレレを弾き始める。※60
「私の青空」。
高助、ハルコの伴奏でゴキゲンに歌う。

高助　♪夕暮れに仰ぎ見る　輝く青空　日が暮れて辿《たど》るは　わが家の細道　せまいながらも　楽しい我家　愛の灯影《ほかげ》の　さすところ　恋しい家こそ　私の青空
ハルコ　（はしゃぐように）高木さん絶対ミュージカルやった方がええよ！　エノケンよりええとは言わんけど。
高助　伴奏がいいんだよ。コール・ポーターよりいいとは言わないけど。

二人、笑い合う。

※60　緒川さんはこのシーンの為に、初演時からウクレレを習い始めた。あれから三年、今、ウチには四本のウクレレがある。再演の為にレッスンを続けたというわけでもないが、継続は力なり。今ではなかなかの腕前なのである。

ハルコ　ありがとさん、ウクレレ。
高助　中古で申し訳ない。
ハルコ　んん、大事にします。
高助　うん、して大事に。
ハルコ　するだりよ。（とウクレレを犬か猫のように撫でる）
高助　うん。さてと……シナリオ。（と映画の台本を渡す）
ハルコ　わあ、本物だりね……！　（と開けてみる）
高助　本当にいいのここで。部屋の方が落ち着くよ。マネージャー出かけてるみたいだし。ホント、ヘンな意味じゃなくてさ、
ハルコ　（もうすでに台本に夢中で）んん、ええんよここで。（シナリオの、ある箇所を指さして）ここん台詞なんがらが、ちぃと読んでみて。
高助　え。
ハルコ　こん台詞、「透明人間などという」、
高助　（読んで）「透明人間などというそんな、おるのだかおらぬのだかわからぬ人間なんぞ、おらぬものとして過ごせばよいではないか」。
ハルコ　うん、ええんだけんど、もうここ透明人間がおるんよね。
高助　ん、ああ、うん、速いね読み込むの。
ハルコ　ほんだったらもうちぃとだけん「もしかしておるんがらなかろうかぁ」てビクビクしながら言うちゅうんもあるんじゃないがらが？
高助　（なるほどと）ああ。

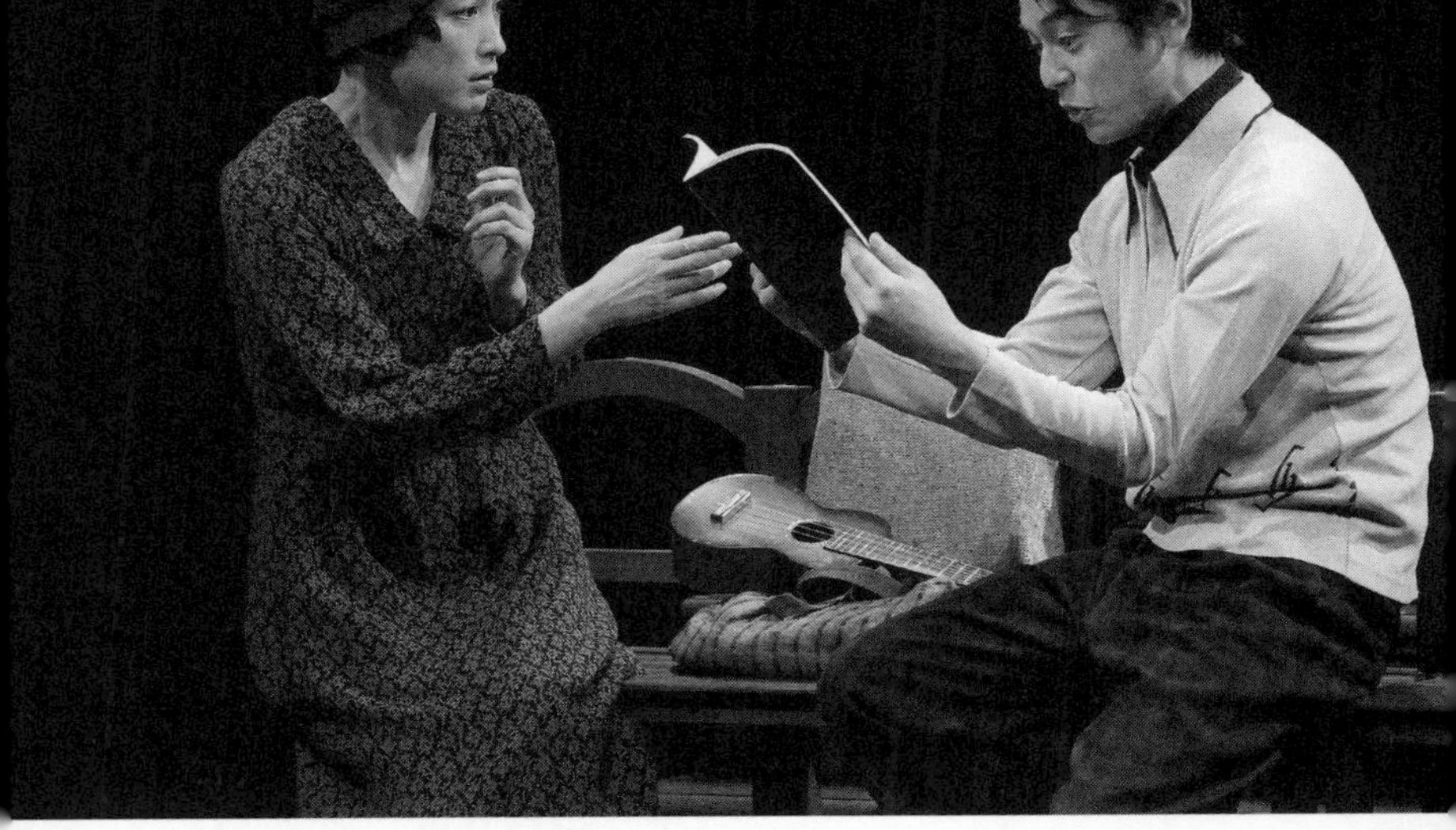

ハルコ　（急に恐縮して）ごめんちゃいねなんか。
高助　ううん。（ハルコのアドバイスを反映させて読む）「透明人間などとい
う、そんな、おるのだか、おらぬのかわからぬ人間なんぞ、おらぬものと
して過ごせばよいではないか」。
ハルコ　（高助の台詞の最中から）そうそうそう！　そうそう！　そうだりそ
うだり！　どう？
高助　うんこっちの方がいいね、次のシーンにもつながり易いや。
ハルコ　そう？
高助　ありがとう。ほんと助かるよ。
ハルコ　（かぶせて、深く恐縮して）そんが、ごめんちゃい。
高助　（笑って）なんで謝るの、ありがたいって言ってるのに。読んじゃって
読んじゃって。僕の出番ほんの十数ページだから。
ハルコ　……（と目で追い、すぐに）ここんこん台詞。読んでみて。
高助　どれ。
ハルコ　こん台詞。
高助　ああ。（読んで）「そなたに会いたかった。ゆうべよりそれがしはそな
たのことばかり見ておった」。
ハルコ　（しみじみと）ええねぇ……もういっぺん。
高助　「そなたに会いたかった。ゆうべよりそれがしはそなたのことばかり見
ておった」。これが？
ハルコ　（うっとりと）んんばりんこええがっさ。まるで寅蔵さんがいるみた

いだり。

高助　え……。

ハルコ　もういっぺん。

高助　もういいでしょ問題ないなら。他には？

ハルコ　お願いもういっぺん。

高助　……（まるで寅蔵ではない声色で）「そなたに会いたかった。ゆうべよりそれがしはそなたのことばかり見ておった」。

ハルコ　そんがんは寅蔵さんじゃないだり……！　いかんだりよそいじゃあ。

高助　（すねたのか）僕がこれが寅蔵だと言えばそれは寅蔵なんだよ。（また別の声色で）「まさかまさかの間坂寅蔵」。

ハルコ　そいは寅蔵さんじゃないがっさ。そん顔は南京豆売りよ。

高助　（なんのことかわからず）なにそれ。

ハルコ　『はるかなる胃袋』の南京豆売りがっさ。

高助　（表情変わって）……君、あんな昔の作品から観てくれてるの？

ハルコ　観とるよ。

高助　二本目の出演作だよ僕の。三十秒も出てないのに。

ハルコ　妹誘って観に行ったんよ。夏の暑い日に。まだ声の出んサイレント映画だったがら、こん人はどんがら声しとるんだろうか思うてずうっと気になっとったんよ……。

高助　そう……そんなに前から……

ハルコ　初めて高木さん声がら聞けたんは『ブランコ乗りの夢』のブランコ職

人だり。思うた通りん声だったがっさ。

高助　『ブランコ乗りの夢』、あったね……。

ハルコ　そん時思うたんだり。こん人には不思議な輝きがあるて。ブランコ職人が言うだりよね、サーカスが団長ん奥さんに。「君は少女の頃からずっとスターだった」。

高助　ああ。（その台詞の続きを）「君は少女の頃からずっとスターだった……サーカス小屋の前には君を見るためにいつも長い行列ができていたよ……すみません君だなんて、団長の奥さんに向かって」。

ハルコ　（見事にサーカス団の奥さんになり切って）「昔話はやめてちょうだい……」。

高助　「いいえ奥さん、あなたは昔とちっとも変わらない。きれいなままだ……」。

ハルコ　「奥さんて呼ばないで。あの人が死んでもう三年も経つのよ。今じゃあたしがこのサーカス団の団長なんですから……。団長としてお願いするわ……もうあと一日だけここにいて……」。

高助　……すごいな。僕より覚えてるよ。それからブランコ職人は一言つぶやき、団長を見つめて、これが最後ということを知りながら、カメラに背を向けて接吻する……。

ハルコ　（うっとりと）ええだりねえ……！　入江たか子さんとの接吻。あんが大女優と……。

高助　あれは仕事上の接吻だよ。映画の接吻なんてそれらしく見せかけてるだけ。本当にやっちゃったら検閲が大変だよ。
ハルコ　そうなん？　ほんだらに愛しとるように見えただり……。
高助　「夜明け前にここを発つよ……」。
ハルコ　（雰囲気たっぷりに）「いやよ……」。
高助　「猛獣使いのような目だ……」。
ハルコ　……。

高助、ハルコにキスをする。
音楽。※61

高助　ごめんこんなとこで……
ハルコ　ホントよ……。
高助　（照れ笑いしながら）すごいドキドキしてる……ハハ……。
ハルコ　あたしもう帰らんと。ウクレレありがとさん。
高助　待ってよ。怒んないでくれよ、そんなつもりじゃ——
ハルコ　怒ってなんがおらんだり。ただん、あたしどんがらしたらええんか……。
高助　またあとで会えるよね？
ハルコ　いんえ会えません。あたしは……寅蔵さんと会うんよ。
高助　（やりきれず）……ちくしょ……よりによって俺が作った奴が恋敵とはね……！

※61　ここで流れる音楽は、いわゆる「劇伴」である。などと、書くまでもないようなことをわざわざ書くのは、もう長い間私の舞台では、暗転時や転換時、あとはラストシーンぐらいにしか、純粋な「劇伴」は使わないのが通例だからだ。一方で「登場人物に聞こえている音楽」はよく使う。例えばラジオや蓄音機から流れてくる音楽。この作品で言えば、ダンスホールで流れる音楽や、楽器店から聞こえてくるレコードがそれに当たる。もちろん音楽による一定の効果を狙ってのことであるが、半分はS.E.（効果音）として流れていると言ってよい。雨の音や雷や犬の遠吠え等と同様に。
「劇伴」は「観客にしか聞こえていない音楽」である。本作では、この場面のみならず、そこかしこで使っている。他にこんなに劇伴を多用した例は、近年は『グッドバイ』ぐらいではないだろうか。いや、明確な意図や線引きがあるわけではないのだ。『グッドバイ』と『キネマと恋人』はなんとなくそうする方が良い、その方が作風に相応しいと思えたのである。

ハルコ　さいなら……。

ハルコが行こうとしたその時、嵐山が辟易した表情で走ってくる。

嵐山　来るなキチガイ女！

嵐山が二人の前を通り過ぎたあたりで、彼の後を追いかけてきたミチルが嵐山を呼ぶ。

ミチル　待ってよ嵐山さん！
嵐山　本当に警察呼ぶぞ!?
ハルコ　ミチル……!?
ミチル　……お姉ちゃん！
嵐山　……えっ!?
高助　……嵐山、おまえ……
嵐山　なんですか!?
ハルコ　（ミチルに突進して）なんがしとんのあんたはぁ！
高助　ハルコちゃん！　（とかけよる）
嵐山　ええ!?

ハルコ、高助に引き離される。

ハルコ　離してよ高木さん！
高助　ハルコちゃん落ち着いて……！
ハルコ　こんがら時ん落ち着けるわけんがないがっさ！
嵐山　何、あんたら姉妹!?
ミチル　（ハルコに）お姉ちゃんなんがしとんだりこんがらとこで……！
ハルコ　なんがらて、撮影ん準備よ高木さんと……！
ミチル　準備!?　なんでお姉ちゃんが準備がら
ハルコ　わからんよ自分でも……！
高助　おまえ何したのこの人に。
ミチル　（嵐山が弁明しようとするのを遮って、何を言うかと思えば）あんたこそ嵐山さんに何したんが！
高助　（面喰らって）なにもしてないよ……！
ミチル　絵ん描いたような無自覚だり……！
ハルコ　何言うとんだりミチル……！
ミチル　（ハルコに）こん人が勝手な台詞がらポンポラポンポラ言うがら、嵐山さんいつも大迷惑で、作品がら台無しなんがっさ！
高助　（嵐山を見る）
嵐山　（ので）おかしいんですよこの女。
ハルコ　おかしいてなんですか人ん妹捕まえて！
高助　そうだよ……！

ミチル　（きっぱりと）本心じゃないがっさ。
嵐山　本心だよ！　気ぃ狂ってるよあんたの妹。連れて帰ってくれよ！
高助　（その言い方はないだろうと）おい！
嵐山　（うるさそうに）なんですか。
ハルコ　（高助に）ええんです。（ミチルに）帰るよ。
ミチル　帰らんが！
ハルコ　ミチル！
ミチル　嵐山さんと東京が行くんがっさ……！
嵐山　だからあれは冗談だってのに……！
ミチル　（むしろやさしく）冗談じゃないだりよ。
嵐山　言った本人が冗談だって言ってんだから冗談なんだよ。
ハルコ　目ぇ覚ますんよミチル。こんがら人たいした役者じゃないだり。
嵐山・高助　（それぞれのリアクション）※62
ミチル　主役だりよこん人は！　お姉ちゃんこそそんがら影ん薄い人んひっついて。※63
ハルコ　主役だぁ脇役だぁ言うんはうまいへたとはなんがら関係ないんがっさ。お姉ちゃんいっつもキネマ旬報が立ち読みしとるがらよぉくわかっとるんよ。高木さんは南京豆売りん時代から
高助　もういいよハルコちゃん。
ハルコ　ちょっと黙ってて高木さん。ミチル覚えとらんの？　一緒に観たでしょう『はるかなる胃袋』。

※62　嵐山は「！」となり、高助は思わず笑ってしまう。
※63　とくに記してはいないが、当然、笑っていた高助が「！」となる。

ミチル　知らんが……！
ハルコ　観ただりよ一緒に。暑い日よ、あん映画の南京豆売りよこん人。
ミチル　だから知らんが……！
高助　いいよもう。
ハルコ　(高助に) よくありません。(ミチルに) ほいじゃ『ブランコ乗りの夢』は？　覚えとらん？
ミチル　覚えとらん。
高助　覚えとらんて言ってるから。
ハルコ　(かぶせて) 覚えとらんはずないがっさ。ミチル、「ばりんこいかったぁ」って言ってたもの。ミチルん記憶とお姉ちゃんの記憶に、なんでがそんがら差ぁがあるんだりか。
ミチル　(ハッとして) ああ、ガマグチ落とした時？
ハルコ　なん？
ミチル　あたしがらガマグチ落とした日に観た映画だりね『ブランコ乗りの夢』て。
ハルコ　ガマグチて、お姉ちゃんが買うてあげたガマグチ？
ミチル　そいはもっとあとよ。あれでなくて緑色ん。
ハルコ　ああ、ヤケん丈夫なやつ？
ミチル　(かぶせて) ヤケん丈夫なやつよ。
ハルコ　ああ。
ミチル　うん、緑色ん。

ハルコ　うん、え、ミチルあれ落としたん？
ミチル　だからそん映画がら観た日に……（自信なくなり）あれ？　お祭りいつやったがらが？
ハルコ　お祭りてどこん？
ミチル　五日森神社。
ハルコ　五日森神社は
嵐山　（我慢できずに遮って）なんの話してんだよ！　家《うち》帰って話せばいいんじゃない地域の話は!?
高助　うん、今日のところは帰った方がいいよ二人で、ね。
ハルコ　そうね。帰ろミチル。
ミチル　帰らんだり。
高助　わかるけど撮影があるんだよ。
ミチル　（高助に）知っとるが！　わかるけどて、あんたんなにがわかるだり！
高助　（ハルコを見る）
ハルコ　ミチル、あんたもう三十二なんがら。
ミチル　お姉ちゃんはもう三十六がっさ。
ハルコ　そうよ、だがら三十二と三十六で帰ろ。
高助　二人共そうは見えないよ。
嵐山　（「的はずれなフォローを」と高助を見る）
高助　（のでバツ悪く）……。

ミチル　周囲の意見には踊らされんだり。こいはあたしと嵐山さんが問題よ。
嵐山　だからその俺が一番迷惑だって言ってるんだよ、ずぅっと！
ミチル　本心じゃないだり。
嵐山　（高助に）ね、ラチがあかないんですよ！
ハルコ　（咎めるではなく、ミチルの目をしっかりと見据えて）周囲？　……お姉ちゃんが周囲……？
ミチル　（少し自信をなくし）周囲でしょう……。
ハルコ　周囲と違うだり……家族よ……ミチルんお姉ちゃんだり……。
ミチル　（小さく）だけんが周りにおれば周囲……（聞き取れず）……
ハルコ　あん人ん言うとることは本心よ。
ミチル　……（嵐山を見る）
嵐山　……（何度も大きくうなずく）
ハルコ　お姉ちゃんの言うことが信じて。お姉ちゃん周囲なんかじゃないよ。
嵐山　（高助に小声で）催眠術？
高助　（小声で）違うだろ。
ハルコ　あん人は映画ん中では猫かぶっとればそいでええがらが、現実ん世界ではそうはいかんのよ。お姉ちゃん、言うたよね、ミチルんことほんだらに愛してくれる人じゃないと安心でけんのよ。
ミチル　（また嵐山を見る）
嵐山　愛してないよ、何度も言ってるけど。ただの遊びだよ。誰でも良かったんだから。娼婦買おうと思ったんだけど娼館が見つからなくて、それであ

んたにしただけだから。何度も言ってるけど。愛してるとか東京来いとか全部嘘だから。迷惑なだけだから。気持ち悪いから。もう二度と会いたくないから。頼むよ。

ミチル、やにわに走り去る。

ハルコ　ミチル！

短い間。

嵐山　……ああやっと帰った……。
高助　言い過ぎだろ……。
嵐山　俺の身にもなってくださいよ。取り憑かれるかと思った……（傍に置かれていたウクレレを指して）忘れてったんじゃないですか？
高助　あ……。
嵐山　ま、お互い火遊びには気をつけましょうってことで。今夜はいい演技が出来そうですよ。

高助、ウクレレを手にして、ハルコが去った方を見つめた[※64]――。

※64　8－1後半はとくに書いていて楽しかった。「ファンタジック・コメディ」のコメディたるパートのクライマックスとも言えるシーンだし、レールはとっくにしっかりと敷かれている。あとはこの四人を出会わせられさえすれば、頭の中で勝手に喋り出してくれるという状態だった。逆に言えば、そうした執筆が終盤にできた作品は、概ね成功なのである。

8-2

夕暮れ。河原の近く。カラスが鳴いている。
ミチル（ハンカチで足を拭いている）とハルコが来る。※65

ハルコ　（大笑いで）
ミチル　（さほどシリアスではなく）もうええでしょ笑わんでよぉ……！
ハルコ　だってが、あんがら浅い川ん飛び込んだって死ねんだりよぉ。
ミチル　昔はもっと深かったんがっさ……！
ハルコ　そいはミチルがちっちゃかっただけよぉ。
ミチル　わかっとるだり……！
ハルコ　早く帰って着替えんと。
ミチル　もう家んこもって一生外ん出んがっさ。レイボリューションだり。
ハルコ　ええ加減がレイボリューションはやめんねぇ。
ミチル　……。
ハルコ　……。
ミチル　（笑い出す）
ハルコ　ほんがら……。
ミチル　バカみたいだりね。あたしんがら人生ほんだらバカみたいよ。
ハルコ　ほんがことないだりよ。そんがらこと言うたらお姉ちゃんだって。
ミチル　お姉ちゃんは強い人間がっさ。お母ちゃんにどんなにひっぱたかれて

※65　映画ではミア・ファロー演ずるヒロイン単独だったラストシーンに、この度は妹の存在を加えることを早々に決めていたから、その着地の為には、ハルコとミチル、二人きりのシーンを、もうひと押し書く必要があった。一転して叙情的になるが、すぐ前の場面を経て、観客はもうこの姉妹が大好きになっているはずだし、私もそうだったから、引き続き筆は弾んだ。もう少し長く書きたかったというのが本音である。が全体の尺を考えればそうもいかず、それよりなにより、例によって初演時にこの辺りを書いたのは、すでに劇場入りの数日前である。いかんいかん、と切り詰めた。

も泣かんかっただり。

ハルコ　あいは……泣いたら負けが思うたからだりよ。

ミチル　ほら強いがっさ。

ハルコ　強くがないて。

ミチル　だってだって、あたしはいつもお姉ちゃんが慰めてくれただりが、お姉ちゃんには誰《だあれ》もおらんかったでしょ。そいでも平気ちゅうんは強い証拠だり。

ハルコ　あたしは、やっぱり映画だりね。逃げ込んでたんよ映画ん中に。きっと今もそうだりよ……いっつも映画が助けてくれるんよ。

ミチル　へぇ……あたしは正直、「カッコええだりー」「おもっちょろいがっさー」でおわりよ。

ハルコ　お姉ちゃんだってそうよ。ええんだりよそいで。

ミチル　……あん人たちが作っとるんだりね、そいがら映画を。

ハルコ　そうねぇ……。

ミチル　お姉ちゃんを救ってくれとるんだりね、あん人たちが。

ハルコ　そうねぇ、そんがらことんなるねぇ……

ミチル　東京んおいでがら言われてすっかりのぼせあがってしまったがっさ。

ハルコ　うん。

ミチル　ごめんちゃい。

ハルコ　んん、だけんがミチルは東京ん弱いとこがらあるがら気ぃつけんといかんだりよ。

ミチル　そうよね……行けるわけないだりよね東京になんが。存在せんのよ東京なんて。
ハルコ　そこまで言わんけど。
ミチル　お姉ちゃん、あん人んこと好きなんだりか？
ハルコ　え？
ミチル　さっきん人よ。俳優さん。
ハルコ　好きて、そんなんじゃないだりよ。
ミチル　向こうは？　お姉ちゃんこと好きなんだりか？
ハルコ　（かぶせて）好きじゃないがっさ。お友達よただん。ちょっとしたね、ちょっとしたお友達だりよ。ほんとよ。
ミチル　そう……まあえぇがっさ。
ハルコ　……。
ミチル　そうだりよね。あたしたちんがそんがら、東京の、俳優さんなんかに。
ハルコ　（複雑な心境で）そうだりよ……。
ミチル　もうあたしは二度とがら映画が観ん行かんと思うから。
ハルコ　そう……そいはさびしいだりね。
ミチル　だからもう誘わんでね。
ハルコ　うん……わかっただり。
ミチル　うん……。
ハルコ　……。
ミチル　お姉ちゃんお腹すいとらん？

ハルコ　すいとらんのよ。
ミチル　そう、じゃ喫茶店行って紅茶でも飲まん？
ハルコ　お姉ちゃん約束があるんだりよ。
ミチル　（明らかに不機嫌になって）そう……。
ハルコ　ごめんちゃい。
ミチル　どうしてん行かんとならん？
ハルコ　え？
ミチル　変更できん？
ハルコ　約束したんよ。
ミチル　（かぶせて）約束ちゅうんはのっぴきならない事態んなったら変更してもええんがっさ。あたし今のっぴきならんよね？
ハルコ　なるよのっぴき。
ミチル　ならんよのっぴき。
ハルコ　なるよのっぴき。あちらさんも今がら結構のっぴきならんのよ。
ミチル　……もっと深い川知っとるだりよ。
ハルコ　そんがらこと言わんの。キミちゃんどうすんだり。
ミチル　（泣く）
ハルコ　生きるんよ。みぃんながらそれぞれんつらいことあるんだりよ。ミチル。
ミチル　今はあたしがこん銀河系宇宙で一番つらい女がっさ……！
ハルコ　はい、お姉ちゃん行きますよぉ。

ミチル　行けばええよ！　お姉ちゃんは誰かさんと楽しく約束が遂行し、あたしは溺死体で数週間後に発見されるんだり！
ハルコ　ミチル、キミちゃんはミチルんこと
ミチル　（泣く）キミコのこと言わんでよぉ！
ハルコ　キミちゃんがいてくれれば安心がっさ。
ミチル　言わんでって！
ハルコ　あ、そうだミチル。
ミチル　なんがよ。
ハルコ　キミちゃん。（去った）
ミチル　（泣いて）お姉ちゃんのバカっちょ！　大嫌いがっさ！

9

9-1

教会。
待っていた寅蔵のもとに、息を切らせてハルコがやって来た、という様子。

寅蔵　（嬉しそうに）遅かったな。心待ちにしておった。
ハルコ　ごめんちゃい。こいでんが精一杯がら急いで来たんだりが……。
寅蔵　（新聞でくるんだ雑草の束を差し出して）愛しておる……。
ハルコ　……ありがとさん。寅蔵さん、あたしもう頭ん中身ん混乱がらしてしもうて。
寅蔵　無理もない、同情致す。そなたは人妻で、古風な人であるから、今一拍それがしになじめんのだな。だが不幸せな結婚を続ける必要はない。それがしがハルコ殿を救い出す。
ハルコ　（下を向き、困惑しながら）ええ、そりゃああたしんこと思ぅてくれとるんは充分わかっとるんよ、わかっとるんがらが……。
寅蔵　（極めて真顔で）それがしのことも愛してほしいのだ。
ハルコ　だけんが……
寅蔵　愛してくれ。（ほんの少し待って）愛したか？
ハルコ　そんがらもんじゃないんよ……。
寅蔵　それがしに出来たのだ、ハルコ殿に出来ぬ道理がない。旦那とは金輪際会わなければよいではないか。そしてそれがしとの子供を産むのだ。そなたの腹の中に幾人でも蓄えればよい。
ハルコ　寅蔵さん。
寅蔵　なんだ。
ハルコ　わからんのよ、気持ちんがら動揺して……寅蔵さんは、なんちゅうか幻んような人だし……。

寅蔵　その話はよそう。それがしはさておきそなた達の人生は短い。思い迷うのは時間の無駄だ。兎にも角にも二人で生きようではないか。腹は？　減っとらんのか。
ハルコ　減っとらんのよ。
寅蔵　よし、飯だ。（と手を引く）
ハルコ　あたし無一文だりよ。
寅蔵　心配は無用だ。
ハルコ　なんでよ。寅蔵さんなんがら悪いことんしただりか……!?
寅蔵　いいからついて参れ。今宵は満月だ。踊り明かそう。
ハルコ　ええ……？

寅蔵とハルコ、去る。

9-2

（ステージング16）

そこは映画館になる。

スクリーンの中でボォッとしている茶人、お局、半次郎。（この景、スクリーン内は実演ではなく映像。）

しばしの後、ドアを開けて入って来る寅蔵とハルコ。

客席ではひとり、売り子が居眠りしている。
寅蔵、スクリーンに向かってヨォッとばかりに手を上げる。

映画の中の茶人　（二人を発見して）!?　おい、奴だ……！
映画の中の半次郎　寅蔵さん……！
映画の中のお局　（かぶせて）何やってんのよあんた……！　早く入って来なさい！
寅蔵　ではお言葉に甘えるとしようか。ハルコ殿。
ハルコ　いいん？

ざわつくスクリーンの中の人々。

映画の中のお局　ちょっと！

映像の中にフレーム・インしてくる寅蔵とハルコ。[※66]

映画の中のハルコ　嘘みたいだり！
映画の中の茶人　おい、そんなの連れて来ちゃいかんよ！
映画の中の寅蔵　そんなのとはなんだ。それがしの大切な方だ。
映画の中のハルコ　（くったくなく）こんにちは。
映画の中のお局　こんにちはじゃないわよ……！

※66　と、ここからP199までは、舞上には映画館の客席で眠っている売り子がひとりいるのみで、物語はスクリーンの中だけで展開する。

映画の中の半次郎　いいじゃねえか増える分には。

映画の中のお局　え。

映画の中の半次郎　心配したぜ寅蔵さん。

映画の中の茶人　いいから映画を続けよう。（裏に向かって）みんなに伝えろ！

映画の中の寅蔵　腹が減っとるんだ。茶屋のシーンへ行こう。

映画の中のお局　!?　お茶屋のシーンなんてとっくに終わったわよ。

映画の中の寅蔵　（去りながら）腹が減っとるんだ。

寅蔵とハルコ、映像の中の襖を開け、「茶屋のシーン」へと去る。

残された半次郎、茶人、お局、しばし茫然としていたが——

映画の中の半次郎　行こう。

スクリーンの中は茶屋のシーンになる。

茶屋の主人が、五人連れになった一行を迎える。

映画の中の主人　いらっしゃいまし。どうぞどうぞ、何人様でございましょう。

映画の中の茶人　五人だ。

映画の中の主人　（顔色変わって）……四人ではありませんでしたか？

映画の中の寅蔵　五人だ。

映画の中のお局　（ハルコへの嫌味っぽく）お客さまがいるの。
映画の中のハルコ　（くったくなく）こんにちは。
映画の中の主人　どうぞ……。
映画の中の寅蔵　さあ食おう食おう。
映画の中の半次郎　まだ何も来てねえよ。

半次郎がそう言い終わる前にハルコと寅蔵だけが大笑い。

他の人々　……。

ワイプで時間経過。
ハルコと寅蔵の前に皿の山。

映画の中の主人　八十五文いただきます。
映画の中の半次郎　おい……！　（と寅蔵に目くばせ）
映画の中の寅蔵　（かまわず、主人に）ごちそうさん。
映画の中の半次郎　？　寅蔵さん。
映画の中の寅蔵　（ハルコに）さあ、行くとするか。
映画の中の半次郎　寅蔵さん、こいつの腕。
映画の中の寅蔵　それがしらは飛行機に乗って外国へ参る。
映画の中の皆　え!?

映画の中の寅蔵　（ハルコに）どちらへ参りたい。エゲレス？　メリケン？
映画の中のハルコ　（夢のようで）どこがらでもええだり。
映画の中の茶人　いい加減にしろよ！
映画の中の寅蔵　すまんな。皆勝手にやろう。

寅蔵、ハルコ、去る。

映画の中の主人　なんですかあれは！　よし、勝手にやってやる。

主人、そう言っていきなりサックスを吹きまくる。

映画の中の皆　（啞然として）……。

●雲をかき分けて飛ぶ旅客機。
●その窓からうっとり外を覗くハルコ。
●タラップを降りる寅蔵とハルコの足。
●夜の街のネオン。
●グラスに注がれるシャンパン。
●軽快に弾かれるピアノの鍵盤。
●振られるマラカス。
●ラテンのリズムで軽快に踊る二人。

●ロマンチックな音楽にのってチーク・ダンスを踊る二人。
●車の後部ガラスから見える、寅蔵の肩にもたれかかるハルコ。
等のコラージュ映像が、様々なリズムでアレンジされた音楽と共にテンポよく映し出される。

どこか、夢の城の中のような部屋に入って来る寅蔵とハルコ。

映画の中のハルコ　ほんだらに楽しかっただり。夢んようなとはこんことよ……。
映画の中の寅蔵　腹が減ったらいつでもこっちへ食べに来れば良い。
映画の中のハルコ　こん部屋はどこ？
映画の中の寅蔵　知らん、どこかの夢の城のようなところだ。
映画の中のハルコ　みんなは？　ほっといてええん？
映画の中の寅蔵　きゃつらはきゃつらで勝手にやるさ。（ハルコを見据えて）二人きりになりたかった……。
映画の中のハルコ　すてきん部屋だりね……。こんがら部屋で暮らすんが夢よ。
映画の中の寅蔵　そなたの夢は、それがしの夢だ……。
映画の中のハルコ　（うっとりと）ほんがらに今スクリーンのこっち側におるんね……。
映画の中の寅蔵　（窓の外を見て）街が目覚めようとしておる……あれも今はそなたの街だ……。

映画の中のハルコ　ああ……胸がらドキンコドキンコしとるがっさ……。

寅蔵、やさしくハルコの肩を抱き、振り向かせると、キスをする。
スクリーンの外、映画館の客席に、ウクレレを手にした高助がやって来る。

高助　（スクリーンの中に向かって）ハルコちゃん。

その声と共に、映画の中で流れていた音楽が途切れる。※67

映画の中のハルコ・寅蔵　（二人で二度見して高助を発見）

映画の中のハルコ　高木さん……！　どんがらしてここへ？　撮影は!?　もう終わったんだりか？

高助　嵐山と言い合いになって追い出された。

映画の中のハルコ　え……

高助　僕はもう『半次郎捕物帖』から降ろされるよ……。

映画の中のハルコ　!?　そんな……

映画の中の寅蔵　（高助に）我らはデート中だ。邪魔は慎んで頂こう。

高助　おまえには悪いけどそうもいかないんだよ。

映画の中の寅蔵　何を申しておる。それがしはこの通り映画の中だ。文句は無かろう。

※67　ここからシーン終わりまで、スクリーンの中の人々と客席の高助（途中からスクリーンを出たハルコも）のやり取りが続く。妻夫木くんと緒川さんは終始、撮影済みの映像に合わせた間尺で自然な会話に聞かせなければならなかった。少し喋り終わるのが遅れただけでも相手は待たずに喋り出してしまうし、逆に早く喋り終わると妙な間ができてしまう。テンポのよい会話の部分はまだ測りやすいが、長めの台詞はどうしたってある程度回によって長くなったり短くなったりするものだ。なにしろ演出家は「もっと気持ちをいれて」などと抜かすのだから。一方で、映像の撮影時は撮影時で緊張を強いられた。同一カット内での間は、一度OKカットと決めたらもう引き返せない。俳優は責任重大だったが、皆、見事にやってのけてくれた。カット変わりでの間尺を懸命に調節してくれた、上田くんと映像オペレーターの山本さんの仕事ぶりにも最大限の敬意を。

高助　君のことが頭に焼きついて離れないんだよ。
映画の中の寅蔵　それほどまでにそれがしのことを
高助　おまえじゃない、ハルコちゃん！
映画の中のハルコ　……そい本気で言うとんがらが……!?
映画の中の寅蔵　人の恋路を邪魔せずにさっさと都へ帰れ。
高助　おまえこそずっとそっちにいろ。（ハルコに）ハルコちゃん、自分でも信じられないんだけどさ、僕は君無しじゃ生きてけない。
映画の中のハルコ　高木さん……。

ハルコ、スクリーンの外へ。

映画の中の寅蔵　ハルコ殿。
高助　僕の演技をあんな風に言ってくれるのはハルコちゃん、世界中で君だけだよ。本当に嬉しかった。僕に言ってくれたほら、「不思議な輝き」？
ハルコ　不思議な輝き。
高助　よく考えてみたらその言葉が当てはまるのはハルコちゃんの方だよ。君とは今朝会ったばかりで、だから無茶苦茶嘘っぽく聞こえるけど、この言葉に嘘はない。一目惚れ、そう、一目惚れってやつだよ。ハリウッド映画じゃないけど。

スクリーンの中に茶人とお局が現れる。

映画の中のお局　なにまたやってるの？　みっともない。
映画の中の寅蔵　（高助に）ハルコ殿はそれがしの許嫁だ。（スクリーンの外へ出て行こうとする）
映画の中の茶人　（寅蔵を摑まえ）待て！　好き勝手もいい加減にしろ！
映画の中の寅蔵　離さんか！
高助　そうだよ。どれだけそいつらに迷惑かけてるかわかってんのか！
映画の中の茶人・お局　（かぶせて口々に）そいつらって言うな！
映画の中の寅蔵　寅蔵が必要ならば誰か別の俳優が演じればよいではないか！　外で調べておいたのだ。片岡千恵蔵とか阪東妻三郎とか。
映画の中のお局　阪妻がそんな脇役を引き受けるもんですか！
高助　だから脇役って言うなよ脇役が！
ハルコ　二人共落ち着いてよ。
高助　……（ハルコの手を握り）僕には君が必要なんだ……スタァへの道はどうやら危ういけどね……貯金はいくらかあるし、ひもじい思いは絶対にさせないから……俳優として一から出直して、何年かかるかわからないけど、絶対にいいコメディスタァになってみせるから……。
ハルコ　なんがねこれ……おとついまで誰んも好いとるなんて言うてくれんかったんに、いきなりがら二人んもの人に好きんなってもらえて、そん二人が同じん人だなんて……。
映画の中の茶人　（ハルコに）本物の人間にしなさい。

お映画の中の局　だけど寅蔵、ちょいとばかり可哀想じゃない……？

映画の中の茶人　可哀想じゃないよ。あの女が寅蔵を選んだらわしらはまた立ち往生だぞ。あ……。

半次郎がフレーム・インして来たのだ。

ハルコ　（高助と、スクリーンの中の寅蔵に）やっぱり駄目よぉ、あたしは電二郎さんの奥さんだりよ。（二人に）さいなら。ごきげんよう！　（と行こうと）

高助　（強く呼び止め）ハルコちゃん！

ハルコ　（止まって）なん？

高助　一緒に東京へ行こう。

短い間。

ハルコ　東京へ？　一緒に!?

高助　明日朝十時の連絡船に乗る。九時にこの映画館の前で待ち合わせよう。人生一度ぐらい思い切ったことをやってもいいだろ？

ハルコ　……。（かすかな声が漏れる）

高助　カバン一つで家出してくるんだよ。いいね。

ハルコ　……。

高助　あ、そうだ。（ウクレレを渡し）これ、ウクレレ。忘れないで持ってきて。

映画の中の寅蔵　ウクレレ？

高助　君を愛してるんだ……。

ハルコ　……。

高助　こんな言葉、台詞以外で言うことになるなんて思ってもみなかった……でも愛してるんだよ。僕と一緒に来てくれ。お願いだハルコちゃん。

静かに音楽が流れ始めている。

ハルコ　……（スクリーンの中の寅蔵を振り返り）寅蔵さん……

映画の中の寅蔵　……。[※68]

映画の中のお局　ハルコちゃん、あなた本気でこの人を捨てちまう気……!?

映画の中の茶人　そそのかすな！

映画の中のお局　だって……！　ロマンチックじゃないの……！

ハルコ　わかって寅蔵さん。お願いよ。

映画の中の寅蔵　……つらくて心《しん》の臓が張り裂けそうだ……。

映画の中の半次郎　寅蔵さん……。

ハルコ　（スクリーンの中の寅蔵に）寅蔵さんは大丈夫だり……寅蔵さんたちんが世界では、物事はなんがらでもうまくいくがっさ。あたしは夢ん世界の人間ではないがら、どんがらに寅蔵さんがこと素敵だなぁ思ぅても、現

※68　※67の補足として例を挙げておくと、例えばこの瞬間、スクリーンの中の寅蔵（もちろんアップ）は思わず表情を強張らせるわけだが、その前の高助とハルコの芝居の尺が変わってしまうと、映像のリアクションのタイミングがズレ、途端に不自然に見えてしまう。

実ん世界で生きるしかないんだりよ……。

映画の中の寅蔵　（ハルコを見つめたまま）……。

ハルコ　一緒に過ごせてばりんこ楽しかっただり……寅蔵さんことは一生忘れんがっさ……。

映画の中の寅蔵　（決して確信なく、むしろそうならぬことを、実はわかっているように）……ハルコ殿、それがしは強くなる。強くなって、利口にもなって、また第八作あたりでそちらに出て行こう……。

ハルコ　……うん。

高助　（寅蔵を憐れむように）悪いけど、寅蔵はもう出ないよ……。

映画の中の寅蔵　（その言葉には何も返さず）さらばじゃ……。

ハルコ、手を振る。

高助、無言でハルコの肩を抱き、ゆっくり歩き出す。

映画の中の寅蔵　（その背を、思いを込めて見送り）……。

映画の中の半次郎　これでいいんだよ、寅蔵さん。くよくよするなよ。

映画の中の茶人　そうさこっちの方が楽しいよ。お局さんあんたも泣くな。

映画の中のお局　そうね。十五分休憩して続けましょう。

ハルコと高助はもういない。

映画の中の半次郎　寅蔵さん……。
映画の中の茶人　半次郎も寅蔵さん寅蔵さん言うとらんで来い。ほら、うまい茶を淹れてやるよ。
映画の中の半次郎　……。（フレーム・アウトして行く）
映画の中の茶人　……やれやれ、なんて二日間だ……。（フレーム・アウト）
映画の中の寅蔵　……。

寅蔵、ゆっくりと去って行く。
その後ろ姿に、客席から拍手する者がある。

映画の中の寅蔵　!?

客席のスミで眠っていた売り子である。※69

映画の中の寅蔵　まさかそなた、ずっと観ておったのか。
売り子　最高！　最高がっさ！
映画の中の寅蔵　まさかまさかの、間坂寅蔵！

寅蔵、そう見得を切ると、スクリーンの奥へと消えて行った――。
音楽が高なり、売り子の拍手をかき消した。

※69　このシーンでしばらくの間眠っている売り子。演じる村岡さんが本当に眠ってしまわないか、少し心配だった。

10

10-1

旅館二階の電話がある小部屋。
そこにいるのは笛本（私服）と小森林（浴衣）。

笛本　（土下座で）申し訳ありませんでした！
小森林　もういいから出て行ってくれたまえ。（自分の耳を指し）謝られダコができそうだ。
笛本　高木にはこれ以上あるまいというほど強く強く言って聞かせますので、なにとぞ、なにとぞ降板だけは……！
小森林　君ね、ハゲ本くんだっけ？
笛本　笛本です、ハゲ本です。
小森林　ハゲ本くんとこの、バカ木バカ助くんだっけ？
笛本　バカ木バカ助、はい。
小森林　バカ木くんはあれ？　お尻を顔だと思ってるわけ？
笛本　いえ。
小森林　お尻を顔だと思ってなきゃ「顔を寄せ合い覗き込む」と脚本に書かれ

てるシーンでお尻を半次郎の顔にくっつけたりせんだろう。
笛本　はあ、ほんとにまったく。よく言って聞かせます、お尻はお尻だと。
小森林　半次郎の顔は誰のお顔だと思ってるねハゲ本くんは。
笛本　嵐山進さんのお顔です。
小森林　そう、バカ木くんの顔はお尻とたいして変わらんかもしれんが、嵐山くんのお顔はマルベル堂で先月の売り上げ二十九位だ。ハゲ本くん今微妙だと思ったか。
笛本　思っておりません、思っておりません。
小森林　何千とあるお顔の中で二十九位だよ！
笛本　わかっております。
小森林　（目の前に置かれた電話の受話器を取り、ダイヤルを回しながら）じゃあハゲ本くんはなにか、撮影中にお尻を丸出しにして主役スタァに悪態つくようなザコ俳優にみんな笑って「はいはいいいんですよぉ、お尻可愛かったですねぇ」と言って撮影が続行される、そうした現場が正しいと？
笛本　いえ……
小森林　決してお尻を出さず、悪態もつかず、妙なアドリブで場を乱さない、そんな俳優に代わってくれたらいいなぁと、こうした考えは間違っておると。
笛本　勘弁してください、もう二度とこのようなことは――
小森林　もう結構！　（電話の相手が出たのだろう、受話器に向かって）あ、小森林です、夜分申し訳ございません。

襖が開いて嵐山（浴衣姿）が来るので笛本、居住まいを正す。

嵐山　失礼します。（笛本がいたので）あれ、また会っちゃった。

笛本　申し訳ありません。どこにでもいて。

小森林　すぐ追い出すから。（相手に）あ、こっちの話です。お聞きになりましたか。そういったわけで高木高助は急遽降板ということにしたいと。嵐山くんもよい代役さえ決まれば快く……はあ……はあ……

笛本　（小森林の相槌《あいづち》が続く中、嵐山に）お顔の方は……

嵐山　今風呂でよく洗ったけどさ、ほら、かぶれてるのわかります？

笛本　そうおっしゃられてみれば……。

嵐山　すごいかぶれてるでしょ。

笛本　すごいかぶれてます。申し訳ありません。

嵐山　（申し訳ありません、とほぼ同時に）もういいよ。

小森林　わかりました。はい、はい失礼いたします。（と受話器を置いて）今日はどういう日なんだ一体……！

嵐山　どうしたんです。

小森林　驚かんでくれよ。実は、間坂寅蔵が……

笛本　また何かやらかしましたか……!?

嵐山　またって？

笛本　いえ。

小森林　全国各地の映画館で半次郎より先にミイラ怪人と格闘して、大活躍だそうだ。
嵐山　ええ!?
笛本　申し訳ありません！
嵐山　何やってんだよ寅蔵！
小森林　愉快極まりない活躍ぶりが受けに受けてると。
笛本　え。
小森林　口コミで評判が広がって最後の回はどこも超満員だったそうだ。社長大喜びだよ！
嵐山　そんな、小森林さんはプロデューサーとしてどう思われるんです！
小森林　大喜びだよ！　ちなみに半次郎も大喜びだそうだ。
笛本　（ものすごく嬉しく）そうですか……！
小森林　笛本さん。
笛本　ハゲ本です。
小森林　やめてくれよ！　笛本さん！　やったな高木くん。
笛本　やるんですよあいつは！[※70]

10-2

（ステージング17）

※70　もうこれ以上ないぐらいのベタベタな急展開。こんなテイストのシーンも『グッドバイ』とこの芝居ぐらいでしか書いたことがない。書いた直後は「本当にいいんだろうか」と疑心暗鬼にもなるが、稽古してみると「アリなんじゃないか」と思え、全体を通してみると「間違ってなかった」と確信し、お客の前で上演すると「これこそ最良」と感じるのだ。

そこはハルコの家の中になる。
翌日の朝である。
鏡台の前で着物に着替え終えようとしているハルコ。
玄関の扉が開く音。ほどなく電二郎が入って来る。

電二郎 なんがね、帰ってきとったんだりか。（努めて平静を装い）あん侍は元気にしとるようだりね。おまえと一緒ん町歩いとんのをネギ蔵が見かけたがっさ。
ハルコ （電二郎に目もくれず）そうね、あん人はなんとか無事だっただりが、あんたはひど過ぎるだり。
電二郎 あんがら痛めつける気はなかったがっさ。おまえと一緒がいるん見てついついついついつい焼け餅がら焼けて――
ハルコ どうだかね。
電二郎 ほんとだり。日本《にっぽん》男子やがらね。毛唐みたいんベッタラベッタラはせんよね。ほんでも結局がらおまえんに惚れとるんがっさ。
電二郎、ここで初めてハルコが和服に着替えたことに気づく。
電二郎 なんが着替えとるだり。
ハルコ 出て行くの。

ハルコ、以下の台詞は荷作りをしながら――。

電二郎　またそんがらこと。

ハルコ　惚れとるなんて嘘よ！　電二郎さんがら考えとるんは自分の事だけがっさ！　お酒がら飲んで賭博がら打って浮気ばっかりがらして！

電二郎　分かっただり。こいからは心を入れかえるだり。ほんだらよ。誓ってもいいがっさ。

ハルコ　（ほんだらよ、と同時に、一気に）もう遅いだり、手遅れがっさ。あたしは出て行きます。もっと早いことん出て行くべきだったんよ。こんまでは一人ぼっちんなるんがおそろしかったんがっさ。

電二郎　ほう。そいが今度は侍野郎ん焚きつけられてその気んなったってわけがらが……!?

ハルコ　（かぶせて）あん人んことが悪く言わんで！　人生がらやり直すチャンスが摑んだんよ。東京が行くんだり！

電二郎　（態度を軟化させ）ハルコ、おまえん友達んお侍さんに乱暴したんは謝るがっさ。機嫌がら直した方がええだりよ。

ハルコ　もう手遅れなんよ電二郎さん。

電二郎　（突然高圧的になってハルコに摑みかかり）なんだとこんアマ！　人がら下手ん出ればつけ上がりくさってどぶ臭い！　俺にそんがら口がきくんじゃないがっさ！　おまえなんがら一発でぶちのめせるんがらが！

ハルコ　ええよ！　やりんさいな！　好きんだけぶちんさいな！

電二郎　（忌々し気に離す）フン……！
ハルコ　どうせ出て行くんがら！
電二郎　あん男にそそのかされたんだりね。
ハルコ　さあね、そうかもしれんね。あたしはこんがらズルリンコズルリンコと希望がらない人生を送るんはいやなんがっさ！　あん人はあたしんこと愛してくれとるし、あたしもあん人んこと愛しとるんだり！
電二郎　（鼻で笑って）愛してるて、そんが東京ん言葉。
ハルコ　なんがよ！
電二郎　俺はどうなるんだり。
ハルコ　自分でもようわからんけど、今んもあんたんこと好きよ。だけんが突然がら、生まれて初めてあたしんこと愛してくれる人がらドヒャーンと現れたんだり！
電二郎　生まれて初めててなんが。俺だって時計が買ってやったろうが！
ハルコ　電二郎さん、人を愛するちゅうんは時計が買い与えて、はいおしまいちゅうこととは違うんよ。
電二郎　……まだん会ったばかりん男よね？
ハルコ　そうよ、一目惚れっちゅうんは映画ん中だけん話じゃないんだり。

ハルコ、ウクレレを手にする。

電二郎　なあハルコ、行かんでくれ。頼むがっさ。出て行くんはやめんね、俺

が行かんでくれがら言うとんだりよ。

ハルコ　さいなら電二郎さん、お世話になりました。

電二郎　……。

ハルコ　身体には気をつけんといかんだりよ。

ハルコ、荷物とウクレレを持って出て行く。

電二郎　ええだり！　行くがええがっさ！　まあ見とくがええが！　世ん中がら甘くはないんだり！　活動写真とは違うんがらが！　（このあたりで扉が閉まる音）やってけるもんかね！　すごすご帰ってくるんがオチよね！　覚えとくんだりよ！　すぐん帰ってくるがっさ！

10-3

そこは映画館の前になった。

大きめのカバンと肩かけバッグ、そして片手にウクレレを手にしたハルコが早足にやって来る。

何人かの人が行き交い、一人二人はチケットを買って映画館に入って行く。

まだケガが治らず片腕を吊った小松さんが、不自由そうにもぎりをやっている。

ハルコ　（高助がいないので）……。

小松さんが発見し、声をかける。

小松さん　ハルコちゃん。
ハルコ　（微笑んで）おはようさん。
小松さん　観に来たんね？
ハルコ　んん、今日は違うんがっさ。どうしたんだりそんケガ。
小松さん　（心配してくれたことが嬉しく）ん、んん、ちぃとけつまずいたんだり。
ハルコ　気ぃつけんと。
小松さん　うん、気ぃつけるがっさ。
ハルコ　（探している）
小松さん　（何かを言おうと決心して）ハルコちゃん、実んは、俺な、
ハルコ　高木さん見かけんかった？
小松さん　え？
ハルコ　高木高助さん。ここで待ち合わせしとるんよ。
小松さん　高木さんなら東京帰ったがっさ。
ハルコ　え……。

小松さん　九時の連絡船で。ロケ隊と一緒に。寅蔵さんがら映画ん中戻って助かったちゅうて喜んどった。
ハルコ　帰った……。
小松さん　なんが、こいがら忙しくなる言うてね、次ん映画も決まったそうがっさ。
ハルコ　（あまりのショックに声も出ず）……。

静かな、ピアノを中心とした音楽。

小松さん　……。ハルコちゃん、俺、女房とが別れようと思うとるんがっさ。うん。チビたちは向こうが引きとって……そんでな、ずっとがら言おう言おう思うとったことなんだりが、もし俺が離婚して、
ハルコ　やめて。
小松さん　（すぐに）うんじゃやめる。離婚せんがっさ。
ハルコ　うん……。

汽笛の音。ハルコ、そちらを振り向く。

ハルコ　……。
小松さん　（もはや顔も見られず）今日からハリー・ラングドンの新作だり。もう一回目ん上映始まっとるだりが、よかったら観て行くとええよ。※71

※71　ハルコにはもちろんのこと、私としては、小松さんにも感情移入してもらいたいのだった。彼のあまりにあっけない失恋に。今、梟島キネマの前の二つの大きな絶望を遠い汽笛が謳う。

ハルコ　（耳に届いておらず）……。

10-4

再び汽笛と共に舞台装置の階上エリアにゆっくり明かりが入ると、そこは連絡船のデッキ。
自己嫌悪からか、自ら招いたとは言えあきらめきれぬ失恋の痛手からか、複雑な表情で、一人、佇んでいる高助。

高助　……。

船のエンジンと波の音だけが響く。
しばしあって、笛本、小森林、根本の三人が談笑しながら来る。

小森林　高木くぅん。
笛本　どうした浮かない顔して。
根本　（笛本に、高助のことを）酔ったんじゃない？
笛本　（笑顔で高助に）新作映画、根本先生、先客の脚本先送りにして年内に書き上げてくださるそうだ。
根本　いきなり企画が通るなんて思ってもみなかったから正直泡食っちゃった

けど頑張るわ！　言い出しっぺなんだから。

小森林　うんやっぱりミュージカル・コメディは四月か正月だよ。なんとか間に合わせてもらって。

笛本　どうしたんだよ。ミュージカル・コメディの主役だぞ。願ってもないじゃ（ないか）

高助　悪い、一人にしてくれないかな。

笛本・小森林　……。

根本　（二人に）酔ったのよ。

笛本　（行きながら高助に）……じき着くぞ。（二人に）すみません。

根本　（行きながら）吐いちゃった方が楽よ。

小森林　（行きながら）いやいや、これは『半次郎捕物帖』に代わるドル箱シリーズになるよ。ね。

根本　つらいのよ船酔いってのは。

高助、再び一人きりになる。

高助　……。

高助、やがて、つぶやくように「私の青空」の一節を唄い、途中でやめると、ふっ切ったような表情で去ってゆく。

高助を乗せて日常へと向かう船の甲板は、汽笛と共に消えて行く。

10-5

映画館の中。

笑っている人々。

ややあって、茫然自失の体《てい》でハルコが入ってくる。

ハルコ、最前列に座ると、ウクレレを抱えるようにして、うつむいたままじっとしている。大笑いしている周囲の観客たち。※72

ハルコ ……。

やがて、ハルコ、ようやくスクリーンに目を向ける。

ハルコ （無表情で）……。

大笑いしている周囲の観客。

スクリーンを見つめ続けているハルコが、少しずつ映画の世界に引き込まれてゆくのがわかる。

ハルコ、ほんの少しだけ微笑んだような――

※72 全員が正面を向いて構図としては冒頭の反復であるが、あの時彼らの背後でコメディ映画を映し出していたスクリーンは無い。照明は徐々にハルコ（と、この後彼女の隣に座るミチル）に絞られてゆく。

ハルコ　……。
やや あって、ハルコ、クスッと笑う。
また笑う。さらに笑う。
と、ハルコの隣に座る者がある。

ハルコ　（見て）!?
ミチルである。

ミチル　……。
ハルコ　……。
ミチル　（微笑んで）……。
ハルコ　（微笑み返し）……。
二人は会話を交わすことなく、やがてスクリーンに目を移す。
笑う二人。※73
姉妹はもう映画の中にいる――。

了

※73　ラストは、周囲の観客たちの笑い声は完全に消え、ハルコとミチルの笑い声（と音楽）だけが響いているという演出。

写真提供：世田谷パブリックシアター
会場：シアタートラム
撮影：御堂義乘
劇中写真：上田大樹監修による映像より

キネマ・ブラボー！　～あとがきにかえて～

いつもの席　白いスクリーン
闇よ　包め
カタカタと映写機が回り出せば
崖の上のカー・チェイス！
猛獣使いと未亡人！
宝の山の地図を探せ！
ビルからビルへ飛び移れ！
オトットット　危機一髪！

ＯＨ，ブラボー！　キネマ　ブラボー！
ツァラッツァッツァ　魔法と夢の国
ブラボー！　キネマ　ブラボー！

ツァラッツァッツァ　光と影と闇
凍てついた身体で300円握りしめてた少年の目は
未来なんて関係ない　ただ　90分の大冒険を見つめているだけ
飛び跳ねた心　弾む夢　積み重ねて
少年の目は
映画館の外　何十年か先のリアルへと　辿り着くだろう

（「キネマ・ブラボー」KERA　アルバム『LANDSCAPE』収録）

まずはなにより『カイロの紫のバラ』（The Purple Rose of Cairo／一九八五）である。ウディ・アレンがこの映画を作らなかったら、当然ながら『キネマと恋人』は無かった。

「映画を題材にした映画のほとんどは、うっとりとしたノスタルジーか、スター誕生の辛辣なメロドラマかのどちらかだ」とリチャード・シッケルは書いている。「映画が我々に与える根本的な影響というテーマに取り組んでいるのは『カイロの紫のバラ』だけである」。

八六年四月に新宿ロマン劇場（八九年閉館）という、劇場名からしてロマンチックな映画館でこの映画を観た時の衝撃は忘れられない。観終えた時、上映時間八十分のこの小品映画が自分を全面的に肯定してくれているように感じたのだ。

小学四年生の十二月、チャップリンのリバイバル連続上映が始まり、父とその一本目『モダン・タイムス』（一九三六）を、超満員の日比谷有楽座（八四年閉館）で観た。その日をきっかけに少年は喜劇映画にのめり込み、中学の三年いっぱいまで、ロクに友達も作らず、放課後は学校から試写会場か名画座か輸入8ミリフィルムを扱う小さな会社へと直行する日々が続いた。午後の授業をサボって三本立ての映画を観に行ったこともしばしば。映画を観ない日も、映画のスチール写真が掲載された「キネマ旬報」などの雑誌や、小林信彦あたりの著作をずっと眺めていた。本当に好きだと一枚の写真を一時間ぐらい平気で眺めていられるものだ。中でも未見の作品は、とくにこれからも観ることが叶わないだろう作品は、たった一枚の写真から無限に想像が広がってゆく。『カイロの紫のバラ』の主人公であるセシリアや本作『キネマと恋人』のヒロインであるハルコの気持ちが痛いほどわかる私なのだった。

明らかに逃げ込んでいたのだ。どこから？　現実の世界から。どこへ？　言うまでもなく映画の中へ。『カイロの紫のバラ』はそんな私に「それでいいじゃないか」と語りかけてくれた。二十三歳になっていた私は半年後にバンドでメジャー・デビューが決まっていたし、半年前には劇団も旗揚げしていた。かつてほどの映画マニアぶりを発揮する時間も無かったし、映画以上に音楽に夢中だった。けれど、映画が音楽に代わろうが、同じことだった。私は相変わらず現実から逃れようとしていたのだ。きっとそれは今も変わらない。今、自分が芝居や音楽を間断なく作り続けている一番の理由は、なるべく現実に戻りたくないからである。自分で作れない時は他人が作ってくれた虚構へと逃げ込む。ともかく少しでも長く現実から離れていたい。

しかしである。どんなに長く虚構の世界へ逃げ込んでいたところで、誰もが最終的には、現実の

「ここ」に戻って来なければならない。それが宿命だ。『カイロの紫のバラ』のビターな結末に、私は「その点だけは覚悟しておけ」と警告されているように感じた。仕方ない。「それも嫌だ」と拒否する人間に残された道は、狂ってしまうか死んでしまうことだけだ。「平気平気、幾度でも逃げ込めばいいじゃないか」。あの映画はそう言ってくれていた。映画『カイロの紫のバラ』が私（たち）にとってそうであったように、いや、願わくばそれ以上に、舞台『キネマと恋人』やこの戯曲が、映画や音楽や、その他様々な創作表現を（受け手、送り手にかかわらず）糧として日々を生きる人々へのエールとなってくれたとしたら、それ以上の幸福はない。

ところで、ハルコはセシリアと異なり、最後の景では隣に妹のミチルがいてくれる。舞台化に際し、こうした変更はエッジをボヤけさせてしまうかもしれないという危惧はあったけれど、映画には無いその前の流れが姉妹の物語を求めていたこともあり、最終的には個人的な好みを取った。今、ふたりで共有している時間も、永遠のものではまったくないのだ。チャップリンと出会った時、隣には父がいた。父が笑っていることが嬉しかった。父もあの時、人生における様々な煩わしさから逃避していたのだろう。次に観た『街の灯』（一九三一）も父と一緒だった。その次の『独裁者』（一九四〇）は叔父と観た。その次の『ライムライト』（一九五二）が父と観た最後のチャップリン映画だ。寂しい映画だった。客席の入りも寂しかった。その後はずっと一人で観た。ハルコとミチルには特別な思い出をもうひとつ作ってやりたかった、なんて書くとちょっと恥ずかしいが。自分の考える作家として失格だ。主観的過ぎる。が、かような強い思い入れが、執筆及び稽古において大きな推進力になったことは間違いない。

もしかしたら一連の出来事はハルコがみた白昼夢なのかもしれない。夢の中で、彼女の映画へのあまりに強い憧れが、間坂寅蔵をスクリーンから飛び出させ、高木高助を一介の庶民とのロマンスに導いたのではないか。しかしあっという間に夢は醒める。彼女はまた現実の世界に舞い戻り、電二郎やミチルや小松さん達との日常を過ごすのだ。相変わらず映画の世界に逃げ込みながら。だとしたら夢の中で、ハルコはまたいつか寅蔵や高助と会えるかもしれない。彼女たちが繰り広げる次なる冒険を、また覗いてみたいものだ。

初演時、そしてこれから臨む再演時に『キネマと恋人』のために結集してくれたすべての方々（もちろんお客様含む）に大きな謝意を。そしてコミック以外まったく書籍が売れないこの時代、その中でも売れなさに定評のある戯曲本の刊行を決断してくださった早川書房さん、担当として尽力してくれた早川涼子さんと冨田啓介さんに、深く感謝致します。

ケラリーノ・サンドロヴィッチ

二〇一九年四月

解説

辻原　登（作家）

オマージュとパスティーシュこそ創造の源泉だと考えると、それが芸術作品だけに限らないことに気付く。精微な職人仕事も、より良く生きようとする我々の生もまた先人や古典に依拠しつつ営まれる。

もしその作品が、あるいは人間がオマージュとパスティーシュの対象を超えるようなことがあるなら――稀にしか起こらないが――、我々はそれを傑作と呼び、高潔な人と称えるだろう。

ケラリーノ・サンドロヴィッチ台本演出の『キネマと恋人』は傑作である。『キネマと恋人』は『カイロの紫のバラ』を凌いでいる。それについていくつかの点を挙げてみたい。

先ず、舞台設定だが、『カイロの紫のバラ』はニューヨークの隣州ニュージャージーのどこかの街の映画館、『キネマと恋人』は東京を遠く遠く離れた島の、一軒しかない映画館（梟島《ふくろうじま》キネマ）。かたや地続き、かたや海に隔てられている。ニューヨークからの移動は飛行機だが、島へは連絡船。トム役の俳優ギルは飛行機でやって来て、飛行機で去る。寅蔵役の高木高助は船でやって来て、船で去る。島にやって来る映画は一、二年遅れ。

空間と時間における、東京からの大きな距離がこのファンタジーのリアリティーを『カイロの紫のバラ』より保証する。

さらにハルコが観る映画の豊富さ多彩さ——マルクス兄弟『オペラは踊る』、バスター・キートン『探偵学入門』、他にローレル＆ハーディ、ハロルド・ロイド、ハリー・ラングドンetc——、そして映画『カイロの紫のバラ』にあたるのが、オール・トーキー映画と銘打った『月之輪半次郎捕物帖』。これがまた出色の出来映えなのである。

人物の多彩さ、豊富さにおいても、人情喜劇の組立てにおいても——、ハルコ、電二郎夫婦の絡みは、セシリアと夫のそれを、テンポ、ユーモア、ペーソスのいずれにおいても上回る。同じことは、ハルコと妹ミチルの関係にも言える（『カイロの紫のバラ』とは姉妹が逆転している）。

ミチル　（不意に）人間がら、みぃんな見捨てられた魂んような存在だり。
ハルコ　（ギョッとして）なに……!?
ミチル　ええお姉ちゃん？　魂の観察者は魂ん中ん入ってくことはできんがっさ。だけんが魂ん淵んとこがら歩いて、魂と接触することはできるんだり。
ハルコ　（実はよくわからないのだが）ああそう。良かったね。
ミチル　お姉ちゃんわかっとる？
ハルコ　わかっとらん。ちんぷらかんぷらだり。
ミチル　見捨てられた魂と見捨てられた魂が、せめてがら来世にでも出会えればええだりが…

……。（溜息）

ハルコ　どうしたんだり。ミチル。

ミチル　どうもせんよ。

ハルコ　見捨てられた魂？

ミチル　そう。キミコにも今朝そう言って聞かせたんよ。

ハルコ　キミちゃんに？

ミチル　「早く起きて芋がゆ作ってくれ」て駄々がこねるから。

ハルコ　（再びギョッとして）キミちゃんまだ三つよ。見捨てられた魂はまだ無理だり。

ミチル　うなずいてただり。

ハルコ　そりゃこわいからじゃないの？

ミチコ　違う違う。「結局がら人生は無だ」って言うたら、考え込んでただり。

ハルコ　芋がゆ作ってやりんね。どうしたんミチル。妙ちくりんな本読んどらんで映画行こ。ね！

ミチル　映画なんて何千年か経てば誰も覚えてないがっさ。

ナンセンスと情理の入りまじった台詞のやりとりは、どの人物同士との間にも弛緩することなく続き、展開してみごとなアンサンブルをなす。

見逃してはならないのは、ハルコがセシリアより映画通であり（「キネマ旬報」の愛読者）、見巧者、すぐれた批評眼の持主であることだ。彼女が熱狂的な喜劇映画ファンであることがその証拠だ。

ハルコはケラリーノ・サンドロヴィッチの分身に違いない。

ハルコのまなざしに込められた熱狂と批評によって、寅蔵はスクリーンから誘《おび》き出される。あるいは拉致されるのである。セシリアにはそのようなまなざしはない。強い現実（批評）の吸引力はない。

寅蔵　（嬉しそうに）現実の世界は不可思議でいっぱいだ……。

ハルコ　映画ん世界の方がずっと不思議よ。ワクワクするだり。ミイラ怪人もドロドロ妖怪も現実にはおらんし。

＊＊＊

高助　惚れるわけがないだろう。架空の人物なんだから。架空の人物とつきあってどうなる？

ハルコ　寅蔵さんがら最高が人がっさ。

高助　それは僕が最高が人に演じてやったからだよ。だけど最高だろうが完璧だろうが、いないんだから実際には。実在しないんだよこいつは。

ハルコ　だけんが

寅蔵　実在できるよう精進する。

架空の人間が自己意識を持った瞬間だ。

梟島には、この物語が始まる前にすでに『月之輪半次郎捕物帖』の作者・脚本家が乗り込んでいたことが第一幕前半で明らかになるが、そのあと、寅蔵がスクリーンから抜け出したと聞いて役者やスタッフが島に押しかけて来る。ここで演じられるスラップスティックの面白さは、時代劇中の侍言葉と梟島弁と東京言葉とが三つ巴となって入り乱れ、絡み合い、展開することで倍増する。

畢竟、『カイロの紫のバラ』は映画の中の映画の話。スクリーン（フィルム）からスクリーン（フィルム）への出入りに過ぎない。『キネマと恋人』は舞台の中の映画の話だ。寅蔵が抜け出して来ると、そこは生身の役者がいる舞台であり、目の前には生身の観客がいて、寅蔵はそのまなざしも意識せざるを得ない。当り前のことだとはいえ、ドラマの深味と広がり、強度と輝きが違ってくるのである。

この舞台が傑出している点は他にもある。映画館の雇われ支配人小松さんと売り子の存在だ。妻子持ちの小松さんがハルコに恋をしている、という事実は貴重な補助線で、ドラマの強度を上げている。だが、何よりも素晴らしいのは売り子だ。

脚本家根本は『月之輪半次郎捕物帖』シリーズの筋書とセリフを支配しているが、売り子は常に梟島キネマの中にいて、スクリーンとスクリーン外のすべてを観ているのである。だからこそ、寅蔵がスクリーンを抜け出して起きるスクリーンの中のてんやわんやを「こん映画、傑作だり……」と賞賛し、やがてスクリーンの奥へ悄然と消えて行く寅蔵の後ろ姿に拍手し、「最高！　最高がっさ！」と喝采を送ることができる。胸のすく場面である。

しかも、舞台では、脚本家根本と売り子は一人二役（村岡希美）。絶妙の演出というほかない。

島の外から来た人間、映画の中から来た人間は全員去っていく。島はまさに陸から離れた島そのものとして、映画館もハルコも島の住人たちも海にというより宙に置き去りにされ、ハルコはまたスクリーンに夢中になる。掛かっているフィルムはハリー・ラングドンだ。

構造はアレン作品より複雑、深化されているうえに、物語はテンポよく、笑いと涙を誘いつつ、我々のノスタルジーを掻き立てて幕となる。我々の内奥は島となり、一人の女性（ハルコ）の残像が焼き付けられる。

しかし、我々は一つの傑出した舞台を観たはずなのに、一篇の映画を観たような思いに引き込まれるのはなぜか？　ウディ・アレンの術中にはまったのだろうか。


（本解説は『悲劇喜劇』二〇一七年五月号掲載の「『悲劇喜劇』賞選評」を加筆修正のうえ再録したものです）

初演記録

世田谷パブリックシアター＋KERA・MAP#007

キネマと恋人

〔東京〕二〇一六年十一月十五日〜十二月四日：シアタートラム
〔大阪〕二〇一六年十二月七日、八日：梅田芸術劇場シアター・ドラマシティ
〔松本〕二〇一六年十二月十一日、十二日：まつもと市民芸術館　実験劇場
〔名古屋〕二〇一六年十二月十五日〜十八日：名古屋市芸術創造センター

台本・演出：ケラリーノ・サンドロヴィッチ

映像監修：上田大樹
振付：小野寺修二
音楽：鈴木光介

美術：二村周作
照明：関口裕二
音響：水越佳一
衣装：伊藤佐智子
ヘアメイク：宮内宏明
擬闘：栗原直樹
プロダクション・スーパーバイザー：福澤諭志
舞台監督：森下紀彦
演出助手：相田剛志
技術監督：熊谷明人
プロダクション・マネージャー：勝康隆
プロデューサー：穂坂知恵子
宣伝美術：榎本太郎
宣伝写真：江森康之
宣伝スタイリスト：伊藤佐智子
宣伝ヘアメイク：宮内宏明
主催：公益財団法人せたがや文化財団
企画制作：世田谷パブリックシアター
後援：世田谷区

企画協力：キューブ

出演：
高木高助《たかすけ》・「間坂寅蔵《まさかとらぞう》」：妻夫木聡
森口ハルコ：緒川たまき
ミチル・女将・娼婦おしま・映画館客2・「女祈禱師」：ともさかりえ
森口電二郎・占い師・娼婦たけこ・「茶屋の主人」：三上市朗
笛本・店長・娼婦おさじ・「町人」：佐藤誓
嵐山進・新聞記者・「月之輪半次郎」：橋本淳
小松さん（映画館の支配人）・番頭・「情報屋」：尾方宣久
小森林・ウルマ・ウェイター・映画館客1・「茶人」：廣川三憲
根本（脚本家）・お米《こめ》・売り子・娼婦まるよ・「お局」：村岡希美
洋食店の客・映画館窓口の女・娼婦しじみ：崎山莉奈
巡査・娼婦の店の別の客：王下貴司
近所の女・娼婦おつう：仁科幸
ケーキ屋店員・娼婦うめよ：北川結
ネギ蔵・映画館客2の夫：片山敦郎
（「」内は劇中映画の登場人物）

映像出演：野村萬斎　奥村佳恵

本作品は、『悲劇喜劇』二〇一七年五月号掲載の戯曲に、
新たに書き下ろしの解説と舞台写真を収録したものです。

本作品の無断上演を禁じます。上演をご希望の場合は、
下記までお問い合わせください。

〒一五〇-〇〇一一
東京都渋谷区東三-二五-一〇　T&Tビル8F
株式会社キューブ
TEL:03-5485-2252（平日12時〜18時）

キネマと恋人《こいびと》

二〇一九年五月二十五日　初版
二〇一九年六月二十五日　再版

著　者　ケラリーノ・サンドロヴィッチ

発行者　早川　浩

発行所　株式会社　早川書房
郵便番号　一〇一 - 〇〇四六
東京都千代田区神田多町二ノ二
電話　〇三 - 三二五二 - 三一一一（大代表）
振替　〇〇一六〇 - 三 - 四七七九九
http://www.hayakawa-online.co.jp
定価はカバーに表示してあります

印刷・株式会社亨有堂印刷所　製本・大口製本印刷株式会社
JASRAC 出1904476-902
ISBN978-4-15-209863-4 C0093